琼瑶

作品大合集

还珠格格

第一部 2

水深火热

琼瑶 著

作家出版社

琼瑶，本名陈喆，作家、编剧、作词人、影视制作人。原籍湖南衡阳，1938年生于四川成都，1949年随父母由大陆赴台生活。16岁时以笔名心如发表小说《云影》，25岁时出版首部长篇小说《窗外》。多年来笔耕不辍，代表作包括《烟雨蒙蒙》《几度夕阳红》《彩云飞》《海鸥飞处》《心有千千结》《一帘幽梦》《在水一方》《我是一片云》《庭院深深》等。

多部作品先后改编成为电影及电视剧，琼瑶也因此步入影视产业。《六个梦》系列、《梅花三弄》系列、《还珠格格》系列等，影响至深，成为几代读者与观众共同的记忆。

琼瑶以流畅优美的文笔，编织了众多曲折动人的故事。其作品以对于梦的憧憬和爱的执着，与大众流行文化紧密结合，风靡半个多世纪，成为华文世界中极重要的文学经典。

我为爱而生，我为爱而写
文字里度过多少春夏秋冬
文字里留下多少青春浪漫
人世间虽然没有天长地久
故事里火花燃烧爱也依旧

馥禄

第
十
一
章

小燕子在床上是躺不住的，没有几天，就下了床。书房也暂时不去了，规矩也不学了，她整天在漱芳斋里转来转去。因为伤还没好，是名副其实的"坐立不安"。何况，她心烦意乱，想的是紫薇，念的是紫薇。脑子没有片刻休息，看着窗外的天空，心里痒痒的，真恨不得自己变成一只真正的小燕子，飞呀飞的，就可以飞出那绿瓦红墙。

这天，永琪和尔泰结伴而来。

"身上的伤好了没有？还痛不痛？我上次送来的那个'九毒化瘀膏'，对外伤有很神奇的效果，是傅六叔从苗疆带回来的灵药！用九种毒虫子制造的，可以以毒攻毒，灵得不得了！你用了没用？"永琪仔细地看小燕子，见她行动不便，脸色也依然苍白，就关切地问。

"用了用了！"小燕子含含糊糊地点点头。

尔泰看小燕子心不在焉，忍不住大声说：

"这个药很名贵，很稀奇的耶！上次大阿哥问五阿哥要，五阿哥都舍不得给，你不要把它随随便便扔了！"

"我怎么会把它扔了呢？用了就是用了嘛！"

永琪打量小燕子，着急起来：

"我看你就是没用！要不然，怎么走路这么不灵活？真拿你没办法，伤在你身上，咱们又不能帮你上药！如果你是男孩子，我早已把你按下来上药了！"

永琪这句话一出口，小燕子想到"按下来上药"的情景，苍白的脸颊竟漾出一片红晕。

永琪见十分男儿气概的小燕子，忽然显出女性的娇羞，心里不禁一阵激荡。想到自己那句话说得未免太造次了，脸上也是一红。

尔泰看着二人的神情，心里震动了，若有所觉。

同时，一股微妙的醋意，就从心底升起。受不了他们两个眉来眼去，他大声喊：

"好了好了！"他看永琪，"你不是信差吗？信呢！"

永琪忙从怀里掏出一封信来。

"什么信！"小燕子又好奇，又惊讶，兴奋起来，"谁给我的信？是不是紫薇，赶快给我看！"

"紫薇说，你看完以后，一定要烧掉。不能留下来……"永琪说，忙着去关门关窗，察看小邓子、小卓子等人有没有把好风。

小燕子迫不及待，伸手一把抢过信，三下两下地撕开信封，抽出信笺，一看，只见是几幅画。

第一幅画着一只小鸟被关在笼子里，一朵花儿在笼外关心地观看。

第二幅画着一只小鸟在挨打，一朵花儿在流泪。

第三幅画着小鸟飞出笼子，拉着小花在跳舞。

第四幅画着小鸟儿戴着格格头饰，小花笑嘻嘻的，隐入云层，飘然而去。

小燕子看完了信，脸上顿时急得一阵红、一阵白，激动地大叫起来：

"不行不行！紫薇不可以这样待我！我就说嘛，她根本不了解状况……我要怎么样才能让她明白呢？她还在生我的气，你们都骗我，说她原谅我了，她根本没有原谅我！她骂我！还要我永远当格格，怎么可能？我会憋死的！不行不行……"小燕子一面叫着，就一屁股在椅子上坐下，这一坐，碰痛伤口，立刻跳起身子，大叫："哎哟！哎哟！"

永琪尔泰，一边一个，赶快搀扶住她，同时急声喊：

"你慢一点呀，身上有伤，自己不知道吗？坐，也得轻轻坐下去呀！"永琪喊。

"那个红木椅子硬得不得了，你要坐也得垫个垫子呀！"尔泰喊。

小燕子又咬牙，又跺脚，把两人甩开：

"不要你们两个来管我怎么坐！"

"好好好！咱们不管，你就站着吧！"尔泰关心地伸过头去，"你为什么这样激动？信里写了什么？你到底看懂没有？""怎么不懂？她写得清清楚楚！我讲给你听！"

小燕子拿着信，就气急败坏地说："她说，小燕子，你这个骗子，你这个混蛋！现在自作自受了，被关在笼子里，飞也飞不出来，动也动不了，还被打得乱七八糟！你害我，现在老天爷帮我惩罚你，这都是你的报应！你想出宫来，再跟我一起笑、一起玩，那是做梦，门儿都没有！你要当格格，我就让你当一辈子，我不理你！我走了，再见！"

永琪和尔泰，双双抽了一口冷气。

"你的解释，跟紫薇说的，怎么完全不一样？你字不认识，看画总看得懂呀！她是这个意思？"永琪问。

"你误会了，紫薇才不会写这些！"尔泰跟着说。

小燕子把画摊在他们面前，指着说：

"你们看！你们看，她就是骂我嘛！"

永琪把画看了一遍，叹了口气：

"我就帮你再译一遍，她说，小燕子，我知道你现在好痛苦，关在皇宫里，像坐监牢一样！我好关心，就是没办法进来看你！听说你挨了打，我急得一直掉眼泪。小燕子，你一定要忍耐，千万不要再闯祸！我相信，很

快我们两个就会见面的！见了面，你就会知道，我还是
和以前一样喜欢你！至于格格，你已经当了，就只好继
续当下去，高高兴兴地当下去！我不论走到哪里，都会
笑着祝福你！"

小燕子听得发呆了，瞪着眼睛看着永琪。

"她是这个意思吗？真的吗？"

"一点也不错，就是这个意思！"小燕子拿起那些
画，颠来倒去地看，又翻来覆去地看。

"我看不像！她还是气我，还是骂我！"她不信地说。

"你怎么变得这么悲观？你仔细看看嘛！"永琪生气
地喊。

"被皇阿玛打了一顿，我对什么都没有信心了！"小
燕子拿着画，满屋子走来走去，忽然停在永琪和尔泰面
前，扑通跪落地，拼命磕头，喊着说：

"让我出去见紫薇一面！你们想办法让我出去！我给
你们两个磕头！"

永琪和尔泰，慌忙去拉她。

"干什么嘛？你是格格，这样跪在我们面前，给皇上
看见了，你又要挨打了。怎么都打不怕呢？"尔泰喊。

永琪看着这样的小燕子，蓦然之间，下了决心，搂
着小燕子，认真地说：

"好了好了！我豁出去了！管他呢！我答应你，你不
要再急得五心烦躁了！我带你出宫去！"

　　小燕子大喜，眼睛发亮，脸颊发光，整个人顿时精神起来。喘了口气，她一迭连声地、急如星火地叫了起来："什么时候？今晚！好不好？要不然，你们商量来商量去，又不知道会拖到哪一天？等会儿福大人和福晋不同意，又走不成！咱们干脆不告诉他，说去就去！拣日不如撞日，就是今晚！好不好！"

　　永琪一点头，决定了：

　　"一不做二不休！就是今晚！让明月装成你，躺在床上装睡，无论谁来，都说刚吃了药睡着了！你化装成小太监，跟我大大方方地出去，我让小顺子守在皇宫的边门，帮我们开门。不过，我们出去顶多一个时辰，就得溜回来！知道吗？"

　　尔泰见两人认真的样子，急坏了，跳脚喊：

　　"你们疯了吗？如果被发现了怎么办？五阿哥，你也想挨一顿板子吗？"

　　小燕子已经兴奋得不得了，气都喘不过来了：

　　"尔泰！你有一点冒险精神好不好？了不起是脑袋一颗，小命一条嘛！"

　　永琪重重地点头，豪气地说：

　　"对，了不起是脑袋一颗，小命一条！"

　　尔泰又是叹气，又是跳脚：

　　"完了，你们两个都失去理智了，这小燕子会发疯，五阿哥，你怎么也跟着疯？小燕子刚刚挨过一顿打，你们居然没有一个人会害怕！我跟你们说……"瞪大眼睛看两人，"我只好……我只好……"

小燕子对尔泰一吼：

"你只好怎样！"

尔泰一跺脚，昂头挺胸，一副"我不入地狱谁入地狱"的样子，大声应道：

"我只好'舍命陪君子'！跟你们一起发疯了！还不赶快把小邓子、小卓子、明月、彩霞、小顺子、小桂子通通叫进来，共商大计！希望他们几个靠得住！"

小燕子喜出望外，乐不可支，大叫：

"啊哈！所谓'生死之交'，就是咱们三个了！"

小燕子欢呼着，乐得忘形一跳，砰然一声，坐在桌上，立即痛得滚下地来。

"哎哟！"永琪和尔泰面面相觑，又是心痛，又是好笑，又是担忧，又是紧张。

于是，这天晚上，小燕子又打扮成了一个小太监。穿着太监的衣裳，戴了一顶小帽子，帽檐拉得低低的，衣领拉得高高的，一副畏畏缩缩的样子，坐在永琪那辆豪华的马车上。永琪和尔泰坐在车里，她和小顺子、小桂子坐在驾驶座上，两个太监一边一个半遮着她，为她护航。马车踢踢踏踏来到宫门口。小燕子大气都不敢出，像个小雕像。

侍卫看到是五阿哥和尔泰，几乎连看都没看、问都没问，一切顺利得不得了。马车出了宫门，潇潇洒洒往前走去。

小燕子看到宫门终于被远远地抛在后面了，就发出"啊哈"一声大喊，也不管马车正在行进当中，她从座位上一跃而起，几乎跳了三尺高，放声大叫：

"出来了！出来了！我终于出来了！老天啊！紫薇啊！我出来了！"不禁仰天大笑，"哈哈！哈哈！我出来了！我又是小燕子了……哈哈……"

车子直接到了福府。

别提福家有多么震动，多么慌乱了。福伦不敢骂五阿哥和小燕子，只能瞪着尔泰，气急败坏地说：

"尔泰，你们真是胆大包天，怎么也不跟我们说一声？这么突如其来，让我们措手不及！如果有个闪失，怎么办？"

尔泰叹口气：

"唉！没办法，五阿哥和还珠格格有命，我只能听命！"

福晋瞪着小燕子，吓得脸色发白，一迭连声问：

"宫里有没有安排好？万一万岁爷发现了怎么办？"

小燕子急急地说：

"你们不要担心，也不要怪尔泰！宫里都安排好了，现在明月躺在我床上……我是假格格，她是假格格的假格格……"

小燕子话说到一半，房门一开，紫薇和金琐得到消息，两个人跌跌撞撞地冲进房来。后面跟着尔康。

小燕子一看到紫薇，整个人就像被钉子钉住，站在那儿，动也不能动。

紫薇看到小燕子，脚下一软，差点跌倒。金琐紧紧地扶着她，眼光直勾勾地落在小燕子脸上，竟傻住了，站在那儿，也是动也不动。

尔康把房门关上，紧张地看着二人。

霎时间，房间里鸦雀无声，只有大家沉重的呼吸声，每个人的眼光，都集中在小燕子和紫薇身上。

半晌，紫薇哑哑地开了口：

"小燕子，身上的伤，好了没有？这样出来，安全吗？"

紫薇这样一问，小燕子"哇"的一声，痛哭失声。接着，就一下子扑倒在紫薇面前，双膝落地，双手抱住了紫薇的腿，嘴里痛喊着：

"紫薇，你骂我吧！你打我吧！你踢我，踹我，捶我，砍我，杀我……什么都可以，就是别对我好，你再对我好，我真想一头撞死！"

紫薇眼中，立刻流泪了，她伸手拉着小燕子的手，哽咽难言。金琐拿着手绢，自己也哭得稀里哗啦，不知道要先给谁擦泪才好。

大家全体看呆了，各有各的心痛。

紫薇吸了吸鼻子，流着泪，柔声说：

"我现在都明白了！到围场那天，你受了伤，你也没有办法，身不由己嘛！总之，这是阴错阳差，命中注定的安排，我已经认了，也不生气了，不介意了。你也不要再怪自己了！"

小燕子急切地，拼命摇头，哭着喊：

"你不懂，不完全是这样的！其实我有好多机会可以说明白，我就是没有说！起先，是胆子小，怕他们砍我的头，皇阿玛错认了，我也不敢说明……可是，后来……皇阿玛对我那么好，他亲手喂我吃药，喂我喝水，我从来没有这样被人宠过，他又是皇上！

"大家见着他，都磕头下跪，可他却把我捧在手心里，那样疼着……我就发晕了，犯糊涂了！"她仰头看着紫薇，"紫薇，我该死！我真的该死！我抢了你的爹，占据了你的位子！"

紫薇听到小燕子叙述被乾隆宠爱的情形，心中一痛，泪就滑下面颊，颤声问：

"他亲手喂你吃药？"

"是的！还那样低声下气地跟我说话，令妃娘娘拼命要我喊皇阿玛，一屋子的人跪在我面前喊：'格格千岁千千岁！'我就是坏嘛！我就是贪心嘛！我可以说明白的，我就是没能说出口！当时，我想，我先当几天'格格'再还给你，过过有爹的瘾，过过'格格'的瘾！只要几天就好了！不知道一天天过去，事情越闹越多，我就越陷越深了！"

紫薇流着泪，心痛已极地沉浸在一个思想里，对小燕子其他的告白，都没怎么听进去，只是重复地说："他亲手喂你吃药？他亲手喂你吃药！"

小燕子呆了呆，看着紫薇，见紫薇神情恍惚，泪不可止，更加强烈地自责起来：

"对不起！紫薇，对不起！我现在跪在你面前。随你怎么罚我，怎么骂我！我跟你发誓，我绝对不是要霸占你的爹，不是要永远当格格……"

"他真的亲手喂你吃药？"紫薇低头看小燕子，再问。

"是的！"

紫薇眼睛一闭，长长一叹：

"他如果亲手喂我吃药，我死也甘愿！"

尔康看到紫薇这么难过，再也按捺不住，一步上前，对紫薇心痛地说：

"紫薇，你要明白，当时小燕子病得糊里糊涂，皇上眼中的小燕子，是他流落在民间的女儿，所以对她充满了心痛和怜惜。皇上虽然喂的是小燕子，其实，等于是你啊！如果没有那一把折扇、一张画，小燕子已经被当成刺客给处决了！哪还能得到皇上丝毫的怜惜呢？"

紫薇一震，抬眼看尔康，醒过来了，精神一振，如梦初醒地说：

"是啊！我在计较什么呢？不管他喂的是谁，我都可以确定一点，皇上，他有一颗慈爱的心，他没有赖账，他认了我娘，认了女儿了！"说着，她就伸手拉着小燕子，热情地说，"小燕子，在皇上面前，你就是我！你代我得到他的宠爱，代我拥有这个阿玛，我感同身受！我们是结拜姐妹，当初，我发过誓，我说过，我们是患难扶持，欢乐与共的！我还说过，不论未来彼此的命运如何、遭遇如何，永远不离不弃！

"这些话，你不一定都了解。但是，它是一种真挚的誓言，很美很美的！那个誓言不是假的，那个结拜不是假的！你是我的姐姐，你姓了我的姓，所以，我还跟你计较什么呢？我的爹，就是你的爹，他疼爱你，就等于疼爱我了！"

小燕子睁大眼睛，痴痴地看着紫薇，专心地倾听，听到最后，再也忍不住，伸手把紫薇紧紧一抱，激动地大喊：

"紫薇，紫薇！我怎么能冒充你呢？我充其量只是阎王面前的小鬼，你才是玉皇大帝身边的仙女啊！"

"你放心！你爹永远是你爹，我会还给你！我一定要还给你！"

紫薇便含泪一笑，伸手拉起小燕子，说：

"现在，只有半个时辰，你就得回宫了，时间真的好宝贵呀！你难道不想到我房里去，跟我说一点'悄悄话'吗？"

小燕子眼睛发光了，抬眼看着大家：

"我可以吗？"

福伦早已被这两个"格格"感动得鼻中酸楚，立刻一迭连声地说：

"可以，可以，当然可以！不过……"

尔康机警地说：

"我知道，我会去安排，让人守着门！"

两个女孩便看了大家一眼，手拉手地奔出门去。

金琐跟着，也急急地去了。

别提三个女孩，再度聚在一起，是多么激动，多么恍如隔世了。

房门才刚刚关上，小燕子就急急地从怀里掏出几串项链来，塞进紫薇手里，再掏出几个银锭子放在桌上，再掏出一些耳环首饰，往桌上堆去。

"我本来想再多拿一些东西出来，可是，我身上揣不下！这些给你，本来就应该是你的东西，皇阿玛一下赐这个，一下赐那个，可是，我在宫里出不来，这些东西用都用不着！你赶快拿去！"又从口袋里翻出一个首饰来，看着金琐说，"我这里还有个好稀奇的东西，是个金镶玉的金琐，当时，我看了就说，这是金琐的名字嘛！我就帮你留下了！"她追着金琐，塞进金琐手里，"你看看！你看看，是不是很稀奇？"

金琐忙着把床上的一床被子，折叠着搬到一张椅子上去垫着，躲着小燕子。

"我不要，你给小姐好了！"金琐面无表情地说，对小燕子，她有一肚子的气。

紫薇把手里的珠珠串串放下，喊：

"金琐！不要这样，好不容易才见到小燕子，再要见面又不知道是何年何月，你还有时间在这儿闹脾气？"

金琐袖子一抹，拭去了滚出的泪珠，对小燕子福了一福，接过锁片：

"谢'还珠格格'赏赐！"

小燕子一呆，受不了了，抓着金琐喊：

"金琐，你要我怎样做，你才会原谅我呢？"

"我原不原谅你，有什么关系呢？我不过是个丫头！只要小姐原谅了你，我就什么话都没有！小姐很多话都不会说，可是，这些日子以来，掉的眼泪比她一生掉的都多！她没有认到爹，她不心痛，我总可以代她心痛吧！"金琐气呼呼的。

"我知道错了，错了嘛！可我现在怎么办嘛？"小燕子脸色凄楚，痛苦地喊。

金琐已经把椅子垫好了，就把小燕子拉到椅子前面去。

"椅子垫了这么厚的棉被，应该可以坐了！待会儿，你把衣服褪了，房里只有我们，不必害臊，让我帮你看看，到底伤成怎样？我这儿还有柳青给我的半盒'跌打损伤膏'，我给你搽一搽！好歹有些用！”

小燕子眨巴眼睛，眼泪一掉，把金琐一抱，痛喊出声：

“金琐！你嘴里骂我，你心里还是对我这么好！”

金琐眼泪落下，和小燕子相拥片刻，金琐便推开小燕子，说：

“我知道小姐有一肚子的话要跟你说，我不打扰你们，我去给你们两个沏一壶热茶来！”便匆匆地去沏茶了。

紫薇过来，把小燕子按进椅子里，盯着她的眼睛，急促地说：

“小燕子，你好好地听我说，我们的时间不多，你一定要仔细听我说！并且照我吩咐的去做，算是你欠我的！”

“好！我听你！”小燕子神色一凛。

“听着！你要勇敢，你要负起责任，已经做了的事情，只有硬着头皮做到底，你懂不懂？”紫薇正色。

“我不懂！我已经后悔得不得了，我也做不好格格，惹得皇阿玛生气，皇后生气，纪师傅生气，一大堆人跟我生气……我常想，如果是你，大家肯定都会喜欢你。你什么都会，我什么都不会，紫薇，我跟你说，我是真心真意要把格格还给你！我现在只想脱身，我最舍不得的，还是皇阿玛！他虽然打了我，可我不恨他，想到跟他分开，我就会好难过！”

紫薇拼命摇头：

"你不会跟他分开，因为你已经是格格了。再也别说要把格格位子还给我这种话，事到如今，你还不起了！现在，皇上已经把你当成女儿，那么深刻地爱了你，如果他知道你骗了他，他会多么痛心和失望呢？你造成了这种局面，就再也不能反悔了！皇上，他是我的爹呀！我听了你的叙述，对他真是又崇拜，又喜欢！如果你觉得你已经伤害了我，就不要再伤害我爹！如果你把真相告诉了皇上，让他伤心，我会恨死你！我真的会……"她用力地说，"恨死你！"

小燕子目瞪口呆，睁大眼睛看着紫薇。

紫薇诚挚地、发自肺腑地继续说：

"小燕子，不要一错再错了！我跟你发誓，我虽然因为没有认到爹而心痛，可是，我现在没有一点点恨你！我们还是好姐妹！听到你在宫里的一些事情，我也跟着忽悲忽喜，听你跟那些规矩挑战，我也以你为荣！现在，有一大群人的生命握在你的手里，这些人碰巧也是我最在乎的人！像是福家的每一个人……"

她想着尔康，那是她心之所系、情之所钟啊！"像是五阿哥！你不能伤害他，如果伤害了，你就是再害我一次，你不如干脆拿把刀把我给杀了！"

"你确定吗？你不要我说？那么，你就永远做不成格格，认不了爹了！"小燕子脸色苍白地盯着紫薇。

紫薇郑重地点头：

"我确定！我不要你说，只要你努力去做一个好格格！让我爹高兴，让帮助我们的人，不会因为我而遭殃，这就是我的幸福和快乐了！"

"可是……可是……"

紫薇蹲一下身子，把小燕子的双手紧紧地握在自己手中：

"不要'可是可是'了。我知道，这个'格格'你当得也很辛苦，很痛苦！但是，为了我，只好请你勉为其难地当下去了！"

"为了你？我不懂，我不懂……"

紫薇含泪而笑：

"傻瓜！我们拜过玉皇大帝，拜过阎王老爷，有福同享，有难同当！如果你掉了脑袋，我也活不成的！但是，你当了格格，荣华富贵都有了，总有一天，我也会跟着享福的！瞧，你这不是给我送东西来了吗？我还可以把这些银子，送去给大杂院里的人用，连柳青柳红，都会沾光的！这样有什么不好？为什么一定要冒险去丢脑袋呢？"

小燕子凝视着紫薇，眼睛睁得圆圆的，对紫薇真是心服口服，虽然觉得继续当格格仍有许多难处，却一句话都说不出来了。

小燕子完全不知道，就在她和紫薇难解难分的时候，漱芳斋已经出了问题。

这晚，小燕子乔装出门去，漱芳斋里的几个宫女太监全都慌了手脚。小邓子、小卓子两人像热锅上的蚂蚁，小邓子守在门口，目不转睛地对外看，小卓子满房间走个不停，双手合在胸前，一会儿拜天，一会儿拜地，嘴里喃喃地说着：

"阿弥陀佛，救苦救难的观世音菩萨，保佑格格早点回来，保佑我们几个多活两年……南无阿弥陀佛……大慈大悲观世音菩萨……"

卧室里，明月躺在床上，棉被一直盖到下巴，睁着一对惊慌的大眼，不停地四望着。彩霞魂不守舍地站在床边，伸着头直看外面。

"什么时辰了？怎么还不回来！"明月爬起身来。

彩霞一把将明月按回床上，紧张兮兮地喊：

"躺着别动！格格再三嘱咐，除非她回来，你就不能吭声！你忘了吗？躺好！躺好！不要一直爬起来，弄得我好紧张！"

"我躺得浑身冒汗了……哇！到底还要多久呢？格格啊！主子啊……求求你快点回来啊……"明月咕哝着。

彩霞忍不住，伸头对外喊：

"小邓子！小卓子！你们在不在外面？"

小邓子、小卓子紧紧张张跑进来。

"你们两个干吗？大呼小叫的？不怕把人引来吗？"

"我们不在外面，难道在里面吗？不要说话！"

“咱们把灯通通吹掉好不好？这样，有人要来，一看灯都灭了，肯定都睡了，就不会进来了。”小卓子害怕地说。

明月立刻赞同：

“好好好！把灯都给吹了，黑乎乎的，就没人看出我是假的了！”

小邓子在小卓子脑袋上狠敲了一下：

“说你笨嘛！你真笨！平常，这漱芳斋总是维持有个亮，整夜灯都不灭的，你忽然把灯灭了，不是告诉大家，咱们这儿有问题吗？走走走！我们还是到外面守着。”

小邓子说着，和小卓子又紧紧张张跑出去。到了大厅，小邓子站在大厅门口，对外张望，忽然惊呼：

“有好多灯笼过来了！”

小卓子冲到门口去，对着灯笼拜：

“格格！回来就回来吧，悄悄溜回来就好了，干吗弄一大堆灯笼啊！”

来人慢慢走近，灯笼照射，如同白昼。小卓子大叫：

“我的天呀！是万岁爷！”

小邓子大骇，“扑通”一声跪落地，颤抖着大叫：

“皇上驾到！令妃娘娘驾到！”

乾隆这晚，无巧不巧，一时心血来潮，带着令妃和宫女太监们，来探视小燕子，一走进大厅，就觉得有些怪异。小邓子、小卓子像掉了魂，跪在地上直发抖。

乾隆四下张望，没看到小燕子的人影。

"你们的主子呢？"

小邓子抖得牙齿打战，脸色惨白：

"启奏皇上，启禀娘娘，格格已经睡了……"令妃惊愕："睡了？这么早怎么会睡了呢？是不是又病了？"

乾隆看两个太监神色不对，心里一急，就径自往卧室里走去：

"朕看看她去！"

明月和彩霞听到外面的喊声，早已吓得魂不附体，这时，听到乾隆居然进房来了，明月呼的一声，就用棉被把自己连头带脑蒙住，浑身发抖，抖得整个床"咯吱咯吱"响。

彩霞脸色惨白，扑通一跪，抖得语不成声：

"皇上……吉……吉祥……娘娘……吉……吉……祥……"

令妃奇怪极了，担心极了，急问：

"怎么了？你们个个脸色惨白，浑身发抖？是不是格格病得很厉害？怎么不报？"

乾隆更急，大步走向床边，只见棉被盖得密不透风，棉被里的身子抖得连床都一起晃动，不禁大惊，就喊着说：

"小燕子！你这是怎么了？身子不舒服，有没有宣太医？怎么抖成这样？赶快给朕瞧瞧！"

彩霞慌成一团，赶快爬到床边，用手紧紧压着明月的棉被：

"……格格不许瞧……"

乾隆又惊又疑：

"不许瞧？又犯老毛病了？"就拍拍棉被，"为什么又把自己蒙起来？这次是谁惹你了？怎么每次心里不痛快，就把自己蒙起来？出来！"

明月在棉被里含含糊糊地哼哼着：

"不……不……不出来！"

乾隆生气，着急，喊道：

"出来！朕命令你出来！"

明月死命扯住棉被：

"不……不……不出来！"

令妃就说：

"皇上别急，格格又闹小孩脾气了！我来问问她！"她走上前去，伸手按住棉被，立即心惊肉跳，惊呼，"不得了！抖成这样，一定病得不轻，不能由着她，赶快看看是怎么了，赶快宣太医！"一面说着，一面用力掀开了棉被。

明月从床上滚落到床下，整个人抖成一团，匍匐于地，颤声说：

"奴婢……该……该……该死！"乾隆大惊，眼睛瞪得像铜铃。

第十二章

小燕子浑然不知，漱芳斋已经有变。她陶醉得不得了。

这个晚上，对她来说，实在太珍贵了！终于亲眼见到了紫薇，终于亲耳听到紫薇说不怪她、原谅她了。回宫的一路上，她一直飘飘欲仙。尔康、尔泰、紫薇都上了车，送她到宫门口。大家生怕回宫之后有状况，拼命教她，如果被人撞到，要怎么应付。小燕子心情这么愉快，什么也听不进去，毫不在意地说：

"只要进了宫，就没事了！如果在宫墙里面被逮到，自己就来个死不认账！谁能证明咱们出过宫？"

一面转头对永琪说："五阿哥，就说你在教我作诗，明天纪师傅要考！赶快教我一首诗吧！"

"诗？诗？好，你记着，皇阿玛喜欢李白，李白有一首喝酒的诗，是这样写的：花间一壶酒，独酌无相亲。举杯邀明月，对影成三人……"永琪真的教了起来。

小燕子忙着恶补，念道：

"花间一壶酒，不坐不相亲。举杯……举杯……"

"不是'不坐不相亲，是独酌无相亲'！举杯邀明月……就是举着杯子，邀请你房里那个明月来喝酒……"尔泰赶快帮忙。

"这个我记住了，'举杯邀明月'！有没有'举杯邀彩霞'呢？"

尔康觉得这个办法烂极了，急忙说：

"听我说！现在背诗已经来不及，反正，如果被抓到，也是落在侍卫手里。半夜三更，没有人会去惊动皇上！侍卫毕竟好打发，你们一个是阿哥，一个是格格，尽管拿出威风来吼他们！谁吃了熊心豹子胆，来得罪皇上面前最得宠的两个人！所以，赖定了，是在宫里走动走动，就对了！我和尔泰，五更就会进宫来看动静，万一出了什么事，我们和令妃娘娘，一定会想办法营救！"

永琪连连点头：

"还是尔康脑筋清楚，就这么办！小燕子，别忘记你是还珠格格，一人之下万人之上！没人敢惹咱们，知道吗？"

小燕子猛点头。

"如果进不了宫，只好先回府去商量大计，我们会看着你们进宫再离去!"

紫薇见皇宫在即,便拉着小燕子的手,非常不放心地叮嘱:"你在宫里,真的不比外面,你一定要小心,不能太任性了!五阿哥有一句话,伴君如伴虎,你要放在心里呀!不管皇阿玛多疼你,他还是皇帝!"

"我知道了!不会再惹他了!"小燕子看着紫薇,"告诉柳青柳红,我下次出了宫,一定会去看他们!"

"我会的!"

"别依依不舍了!宫门快到了,小燕子,你坐回驾驶座上去!尔康、尔泰、紫薇,你们三个下车吧,不过,没有马车,你们怎么回去呢?"永琪问。

"这么好的月色,散散步就回去了!"尔康说。

小燕子把紫薇一抱,千千万万个舍不得。羡慕已极地说:

"我不要回宫了,我要跟你们一起,在月光下散步!"

"别闹了!你是我们带出来的,如果丢了,大家都完了!赶快,下车的下车,换位子的换位子!"尔泰喊。

于是,马车停下,尔泰、尔康、紫薇下车。

马车向前驶去。小燕子在驾驶座上,拼命对紫薇挥手:

"紫薇,过两天我再来看你!不要气我,不要怪我啊!"

"别喊了!我知道,我都知道……快去吧!"

马车停在宫门前，小桂子下车，伸手拍门。

紫薇、尔康、尔泰躲在暗处观望。

宫门开了，侍卫出来。一看是五阿哥，纷纷请安，高喊"吉祥"，对于那个半蒙着脸、缩着头、毫不起眼的小燕子浑然不疑，马车踢踢踏踏进去了。

宫门关上。

尔康、尔泰、紫薇从暗处走出，大家相对而笑，全都吐出一口长气。

小燕子进了宫，好生得意，真是神不知鬼不觉。

下了马车，永琪不放心，一直送小燕子到漱芳斋。

整个漱芳斋静悄悄的，安谧极了，窗子上，透出明亮的灯光。

两人四面看看，放了心。彼此互视，相对一笑。

小燕子用手背拍拍永琪："成功了，谢谢你，这个晚上对我太重要了，我永远忘不了今晚！你的大恩大德，我记在心上了！"

"你记在心上就好了，别提什么大恩大德了！"永琪眼光停在她脸上，话中有话地说。

"你快回去吧！"小燕子笑笑。

"我看你进去了，我再回去……"想想，又说，"我送你进去吧！怎么小邓子、小卓子都睡死了，一个也不出来接你？这儿黑，小心门槛……"

小燕子推开大厅的门，还回头看永琪：

“我兴奋得很，一点都不困，干脆进来喝杯茶吧！要不然……”睁着骨碌大眼，异想天开地说，“这样吧！我让小邓子烫一壶酒，弄点小菜，咱们庆祝一下，好不好？”

永琪一怔，虽知不妥，但是，这种诱惑力太大了，立刻喜悦地答道：

“好极了！古人秉烛夜游，我们也来‘花间小酌’吧！哈哈！”

二人嘻嘻哈哈，进入大厅去。一走进大厅，乾隆那威严的声音，就像焦雷般在两人耳边炸开：

“小燕子，永琪！回来了？要不要烫一壶酒，弄点小菜，咱们大家喝两杯？”

小燕子和永琪，吓得魂飞魄散，大惊抬头，只见乾隆和令妃端坐房中。后面站着一排宫女太监，小邓子、小卓子、明月、彩霞跪了一地。

小燕子和永琪，这一惊真是非同小可，两人扑通扑通跪落地，异口同声，惊慌地喊着：

“皇阿玛！令妃娘娘！”

乾隆脸色铁青，瞪视着二人，大喝一声：

“你们到哪里去了？小燕子，你说！”

令妃着急地看着小燕子和永琪，心里也是一肚子的疑惑，没办法给两人任何暗示，急得不得了。

永琪怕小燕子说得不对，急忙插嘴禀告：

“皇阿玛，我和还珠格格……”

"永琪，没问你，你不要开口，"乾隆打断了永琪，看着小燕子，"你说！"

小燕子心慌意乱，害怕极了，看永琪，看乾隆，讷讷地说：

"我们没有去哪儿，就在这御花园里，走走……明天纪师傅要考作诗……五阿哥教我作诗……"

永琪眉头一皱，心中暗叫不妙。

"哦？"乾隆兴趣来了，"永琪教你作诗？教你作了什么诗？"

"这……这……就是一首诗……一首诗……"

"哪一首诗？念来听听看！"

小燕子求救地看永琪。

"皇阿玛……"永琪忍不住开口。

"永琪！你住口！"乾隆厉声喊，"现在不是在书房，你把糊弄纪师傅那一套收起来！"

永琪闭住嘴，不敢说话了。

小燕子没辙了，只得硬着头皮说：

"一首有关喝酒的诗……是……举杯邀明月……"

"哦？举杯邀明月，怎么样？"

"举杯邀明月……举杯邀明月……"小燕子吞吞吐吐。

"举杯邀明月……到底怎样？"

小燕子冲口而出：

"举杯邀明月，板子就上身！"

乾隆睁大眼睛，惊愕极了：

"什么？你说什么？"

小燕子知道遮掩不过，惶急之下，又豁出去了，大声说：

"我知道我又惨了，给皇阿玛逮个正着，我说什么都没用了，反正作诗还是没作诗都一样，板子又要上身了！皇阿玛，你要打我，你就打吧！五阿哥是被我逼的，你不要怪他！这次，请你换……一个地方打，原来的地方伤还没好，打手心好了……"她吸口气，眼睛一闭，伸出手掌，惨然道，"我已经准备好了！皇阿玛请打！打过了，气消了，再来审我！"

乾隆瞪视着她，真是又生气，又无奈。

"你知道会挨板子，你还不怕？打也打不好，管也管不好，教也教不好，你这么顽劣，到底要朕把你怎样？你的板子，朕待会儿再打，你先告诉朕，你这样一身打扮，让明月在房里装睡，你到底是做什么？"

小燕子转头看明月，气呼呼地说：

"是谁出卖我？"

"谁都没出卖你，是朕好心来看你，他们一屋子奴才吓得发抖，整个床都咯吱咯吱响，朕还以为你又病得严重了，一掀棉被，明月就滚下床来了！这些奴才真是坏透了！等你挨完打，朕再一个个打他们，然后通通送到伙房里去当差！"

小燕子大惊，扑通一声，在地上磕了一个响头，凄楚地喊：

"皇阿玛！我知道我这次错大了，你要怎么罚我都没有关系，可是，不要怪罪到他们身上去！自从皇阿玛把他们四个赐给了我，他们陪我，侍候我，照顾我，帮我解闷、散心……我挨打，他们比我还难过，对我简直好得不得了……跟我已经成了一家人一样。"

令妃忍不住咳了一声：

"格格！奴才就是奴才……"

"我知道，我知道！"小燕子哀声喊道，"我是金枝玉叶，不可以跟'奴才'做朋友，不可以说他们是一家人……可是，皇阿玛！在我进宫以前，我不是金枝玉叶，我也吃过很多苦，日子过不下去的时候，我也去饭馆里做过工，也到戏班里卖过艺，我也做过'奴才'啊！如果每个主子都那么凶，我已经见不到皇阿玛了！"

乾隆听得好惊讶：

"你去饭馆做过工？去戏班子里卖过艺？怎么以前没说过？什么时候的事？"

"就是……就是从济南到北京这一路上的事啊！我没说，是因为皇阿玛没问啊！"

乾隆凝视小燕子，觉得小燕子越来越莫测高深了，蹙眉不语。

"皇阿玛！一人做事一人当！今晚，是我鼓动大家帮我，要打要罚，我都认了！请您高抬贵手，饶了不相干的人！小燕子给您磕头，给您谢恩！"小燕子连连磕头，说得诚挚已极，字字发自肺腑。

乾隆凝视她，颇感震撼。不知怎的，竟严厉不起来了。

"你先告诉朕，你今晚去了哪里？"

小燕子抬头正视乾隆，心想，撒了谎也圆不过去，就老实地招了：

"去了福大人家里！"

永琪吓了一跳，惊看小燕子。

乾隆纳闷极了，也惊看小燕子。

令妃更是吃惊，不住地看永琪，永琪对她暗暗点头，使眼色。令妃一肚子疑惑，又没办法细问，只得忍耐着不说话。

小燕子就激动地喊：

"我跟皇阿玛求过好多次，让我出宫走走！皇阿玛就是不许，我住在宫里，吃最好的、穿最好的、用最好的……可是，真的像坐监牢一样呀！我快要闷死了、烦死了，我好想出去，哪怕就是看看街道、看看人群都可以！上次，为了想出去，我连墙都翻了。这次不敢翻墙，只有求着五阿哥和尔泰，带我出去，他们两个看我可怜，就被我说动了！我们也没去别的地方，只去了尔泰家里……"

乾隆狐疑地看永琪：

"她说的是真的吗？你们去福家了？"

永琪不得不承认了：

"是！我们去了尔泰家里，坐了一坐就赶回来了！"

乾隆满心疑惑，纳闷地看两人：

"你们费尽心机，好不容易蒙混出宫，居然哪儿都没去，只是去福伦家里坐了一坐？"

"回皇阿玛！实在不敢带她去别的地方！"永琪斗胆说。

令妃急忙打圆场：

"哦，原来去了福伦那儿，好在是自家亲戚，总比出去乱跑要好。"

乾隆在两人脸上看来看去，实在看不出什么破绽。就一拍桌子，厉声说：

"永琪！你是兄长，居然跟着小燕子胡闹！不要以为你是阿哥，朕就会纵容你！小燕子不懂规矩，难道你也不懂吗？"

永琪惭愧地低下头去：

"永琪知罪！任凭皇阿玛处罚！"

小燕子看乾隆，心里好急，知道乾隆一生气，连格格都会挨板子，阿哥大概也逃不掉！就磕头说：

"皇阿玛！我说过了，一人做事一人当！罚我就可以了！"

永琪心里也好急，想到小燕子挨打还没好，至今连"坐"都不能坐，如果再挨打，恐怕连命都保不住了！就也磕头喊：

"皇阿玛！小燕子身子单薄，才挨过打，不能再罚！儿臣身为兄长，不曾开导，甘愿受罚！"

乾隆见两个兄妹抢着愿为对方受罚，而且都是真心真意。心里有些震撼，有些感动，也有些困惑。

听到更鼓已经敲了三响，自己也闹累了，就一拍桌子，站了起来，严肃地盯着两个人说：

"今晚太晚了，朕没有时间审你们！你们两个也可以散会了，至于酒嘛，也别喝了，明天早朝之后，你们两个到我书房里来，朕要好好跟你们算算账！"

永琪连忙磕头，嘴里应着"是"！

乾隆一起身，令妃就跟着站了起来。乾隆转身一走，令妃和宫女太监们赶紧跟随。永琪哪里敢继续留在漱芳斋，飞快地看了小燕子一眼，什么话都没办法说，就起身追着乾隆：

"儿臣送皇阿玛回宫！"

乾隆便带着令妃、永琪、宫女、太监们浩浩荡荡走了。

房间里剩下小燕子、小邓子、小卓子、明月、彩霞。五人面面相觑，全都惊魂未定。过了好半晌，大家才回过神来，小邓子就对小燕子俯身下拜，夸张地把手高举着再扑下地，嘴里乱七八糟地喊：

"格格！主子！千岁！祖宗……你饶了咱们吧！万岁爷随时会来漱芳斋，你再也不要出花样了！咱们实在招架不住啊！"

小燕子坐在地上，睁大眼睛，惊惶地想着，明天早朝以后，乾隆还要审她！天啊！怎么办？怎么办？

今晚没办法睡觉了，天亮就得去五阿哥那儿，商量对策！

好不容易，天亮了。小燕子又穿上了那身小太监的衣服，遮遮掩掩，闪闪避避，踢踢踏踏……快步地踩着晨雾，顶着露珠，穿过重楼深院，越过亭台楼阁，直奔永琪住的"景阳宫"而来。

小顺子看到她又是这副打扮，吓了一跳，赶紧把她带进永琪的书房。原来，这儿还有比她到得更早的两个人，就是尔康和尔泰。三个年轻人，已经开了半天的会，对于要怎么"招供"，还没商量出一个结论。

当房门一开，小燕子闪身而入时，三个人都吃了一惊。小燕子看到他们三个都在，大喜，急忙说：

"你们三个臭皮匠，一定已经想好办法了！赶快把你们的锦囊妙计告诉我吧！我只能停一下，快说快说！"

尔康抽了一口冷气，盯着小燕子：

"你的胆子未免太大了吧？就这样闯来了？有没有被人跟踪？"

"没有，没有啦，我很小心的！你们别耽误时间了，快教我吧，见了皇阿玛，我该怎么说？"

"过来！过来，我们围拢一点！"永琪喊。

四人便围在一起，紧紧张张地商量大计。

四人正在叽叽咕咕，门外，忽然传来小顺子、小桂子急促的大喊声：

"皇后娘娘驾到！"

四人面面相觑，全部大惊失色。小燕子四面一看，逃都没地方逃，只好往书桌下面一钻。

小燕子才钻进去，房门就开了，皇后带着容嬷嬷和宫女们，大步走进房。

三人全部请下安去。

"儿臣永琪叩见皇额娘！"

"臣福尔康、福尔泰恭请皇后娘娘金安！"

皇后看着室内的三人，哼了一声：

"这么早，你们三个，是在用功呢，还是在商量国家大事呢？"容嬷嬷站在皇后身旁，目光如鹰，在室内搜寻着。

三人全部神情紧张，魂不守舍。尔康勉强维持镇静，答道：

"正和五阿哥谈论回疆的问题。"

"原来如此！"皇后冷冷地接了一句。

容嬷嬷已经发现了小燕子，给皇后使了一个眼色。

皇后不动声色地看过去，只见桌子底下，露出小燕子伏在地上的手指。

"难得五阿哥这么关心国事，尔康和尔泰也这么勤快，天才亮，就进宫来商议回疆问题，这真是咱们大清朝的福气……"皇后一边说着，一边已走到书桌前面。她低头看看，就用那厚厚的"花盆底"鞋，使劲踩在小燕子的手指上。

小燕子一声惨叫，本能用力地一挥手。

"哎哟……我的娘呀……我的天啊……"

小燕子太用力了，皇后竟跌倒在地。容嬷嬷和宫女们慌忙去扶。皇后摔得七荤八素，狼狈地爬起身子。容嬷嬷已经放声大叫：

"反了！反了！桌子下面有反贼！来人呀！"

外面侍卫一拥而入，纷纷惊问：

"反贼在哪里？反贼在哪里？"

尔康奋力一拦，挡住侍卫，大吼：

"你们看看清楚，这房间里都是些什么人？怎么可以听一个嬷嬷的叫唤，就随随便便闯进门来？"

永琪立刻和尔康一同行动，也大声怒吼：

"这是我的书房，没有叫传，是谁乱闯？好大的狗胆！"

侍卫们一听，吓得扑通扑通，全都跪了下去，嘴里大喊：

“奴才该死！奴才该死！”

皇后站稳了身子，看到侍卫动都不敢动，气得脸红脖子粗，喊道：

“是我的懿旨！把桌子底下那个小贼，给我抓出来！谁敢违抗，就是忤逆大罪！快！动手！”

侍卫们见是皇后命令，又都昏头昏脑地答道：

“喳！奴才遵命！奴才遵命……”

侍卫向前冲，尔康、尔泰、永琪一溜挡住。永琪喊：

“那是还珠格格！谁要抓还珠格格，先抓我！”

侍卫被挡，场面乱七八糟。

小燕子再也藏不住，从桌子下面滚了出来，痛得眼泪直流，拼命甩手，却一挺身站了起来，脸色惨白，高高地昂着头，气势凌人地大吼着说：

“我一人做事一人当。要头一颗，要命一条！”

结果，大家又都闹到乾隆面前去了。

乾隆看着又变成小太监的小燕子，头都痛了，再看看跪在地上的尔康、尔泰和永琪，心里更加困惑，一拍桌子，怒声喝问：

“你们几个到底是怎么回事？昨儿偷溜出宫，今天又开秘密会议，你们好大的胆子！尔康，你身为一等侍卫，居然也跟着他们几个小的胡闹！如此鬼鬼祟祟，到底为了什么？尔康，你说！”

皇后严肃地站在乾隆身边，冷冷地看着他们四个。

尔康不得不整理着零乱的思绪，禀告着说：

"启禀皇上，昨儿个还珠格格私下出宫，尔泰不敢将格格和阿哥带到随便的地方去，所以带回了家。今天我们兄弟拂晓入宫，就为了探视五阿哥和格格，不知道他们是不是'平安过关'了！"

"哦?"乾隆挑着眉毛，"结果呢?"

"结果，发现没有平安过关，听说皇上今天还要追究，大家就乱了章法！还珠格格害怕皇上震怒，一时情急，冒险扮成小太监，也到五阿哥这儿来商量对策。所以，大家就聚在一起。不料给皇后娘娘撞见了！经过情形，就是这样。"

乾隆想了想，觉得尔康所说，合情合理。

"朕料想，你说的都是实话！"乾隆盯着尔康。

"不敢欺瞒皇上！"

乾隆喊：

"小燕子！"

小燕子惊惶地抬头：

"皇阿玛！"

"你到五阿哥那儿商量对策，是不是?"

"是！"小燕子答得清脆。

"你预备怎样'对付'朕，说说看！"

尔康、尔泰、永琪都紧张起来，全部捏了一把冷汗，提心吊胆地悄看小燕子。

小燕子一怔，就求救地去看三人。

"不要看他们，只要抬头看朕，朕要听你亲口说说！"乾隆瞪着小燕子。

小燕子一急，连思考的余地都没有，话就冲口而出：

"皇阿玛！我哪儿有时间商量出'对策'呢？我前脚才进门，皇后娘娘后脚就进了门……我心里一慌，吓得钻到桌子底下，又被皇后娘娘发现了，一脚踩在手指上，我现在手指大概都断了，痛得直冒冷汗，还有什么策不策呢？我倒霉嘛！做不得一点点错事，自己梳了满头小辫子，还在那儿招摇，以为没有人抓得到我的小辫子！现在，满头小辫子被人扯得乱七八糟，头也痛，手也痛，心也痛……什么都顾不得了！故事编不出来，谎话说不出来，就算有'对策'，现在也变成'错策'了！"

乾隆听小燕子说了这么一大串，非常稀奇，睁大眼睛。

"手指头怎么会断了呢？过来给朕瞧瞧！"

小燕子便站起身，走上前去，出示手指。乾隆一看，果然，几根纤纤玉指，全部又红又肿。乾隆皱了皱眉，还没开口，皇后就冷冷地说话了：

"小燕子，不要耍心机！你躲在桌子底下，我怎么看得见？无意踩了你一下，也值得跟皇阿玛告状吗？你不要分散皇上的注意力，以为皇上给你糊弄一下，就会对你所有的荒唐行为，都不追究了？"

"是！"小燕子应着，可怜兮兮地看乾隆，"是给皇后娘娘'无意地，狠狠地'踩了一脚！"

皇后气得牙痒痒。乾隆看得心酸酸。

"手指还能不能动，动一下给朕看看！"乾隆说，盯着那手指。

小燕子动了动手指，夸张地吸气，苦着脸说：

"很痛很痛啊！弯都弯不起来了！"

"待会儿记得给胡太医诊治诊治！"乾隆说。

"是！"

乾隆猛地拍了一下桌子，突然提高了声音，厉声大喊：

"小燕子！别以为你的手受伤，朕就会饶你！"

小燕子 吓，立刻"砰"的一声跪了下去，不巧膝盖又撞在龙椅上，当场痛得龇牙咧嘴。

"哎哟……哎哟……"

尔泰、永琪、尔康三人，都不敢有任何反应，跪得直直的。

乾隆惊看小燕子：

"你又怎么了？"

小燕子眼中含泪，脸色苍白，喊着说：

"皇阿玛……我想，我的八字跟皇宫不合，自从进宫以后，大伤小伤，到处有伤！大痛小痛，多处都痛！我又很会得罪人，每个人都跟我生气，我觉得好累呀！"

乾隆凝视小燕子：

"你累？我看，你弄得整个皇宫鸡飞狗跳，人人都累！"

小燕子低头不语。

乾隆叹了口气，对地上四个人说：

"你们都起来！"尔康、尔泰、永琪、小燕子就站起身来。

乾隆看着四人，若有所思，沉吟片刻，说："你们几个，都是皇室子弟，大家感情好，是一件好事！但是，千万不要忘记自己的身份，什么事该做，什么事不该做，自己要有一个谱儿！不要大家跟着还珠格格乱转，没大没小，没上没下！如果朕怪罪起来，伤了亲戚和气；如果不怪罪，岂不是又太便宜你们了？"

皇后见乾隆的意思又活动了，显然要放水，不禁着急：

"皇上！"

乾隆立刻看着皇后说：

"朕自有分寸，皇后不必为他们太操心了！"

皇后被乾隆一堵，气得说不出话来。

乾隆看尔康等三人：

"你们三个，身为兄长，不知以身作则，你们自己说，该当何罪？"

三人还来不及说话，小燕子挺身而出：

"所有的错，都是我一个人的！昨儿私自出宫，五阿哥和尔泰都是被我闹的，没有办法！一屋子奴才，也都只有听我的！现在，我已经知道，我的任性、自私会害了每一个人！真的后悔了，知错了！皇阿玛一向疼爱我，我每次闯祸，皇阿玛都会原谅我，您就再原谅我一次吧！从今以后，我一定痛下决心，好好念书，做个让您骄傲的格格！来报答您，好不好？"

小燕子这一番话，发自肺腑，说得诚恳之至，乾隆不禁动容，叹了口气说：

"唉！你实在让朕头痛！国家的事，已经有一大堆麻烦，朕操心都操不完了，还要整天为你烦恼！"

尔康连忙上前问：

"皇上是为边疆的战事烦恼吗？"

"是呀！刚刚在朝上，大臣们纷纷禀告，西藏的土司又在蠢蠢欲动，缅甸边境，更是战事连连，回疆也不平静，准噶尔也有麻烦……朕想到边境上的老百姓，连年战争，民不聊生，心里很沉重！"

永琪神色一正，对这样的父亲，肃然起敬，诚恳地说：

"皇阿玛！您整天为国事操劳，常常深夜还在批奏章，儿臣不能为皇阿玛解忧，还为一些生活小事，让皇阿玛生气，真是不孝极了！现在，我已经成长，不知道可不可以，随兆惠将军出征，或是随傅六叔出征！"

乾隆走近永琪，深深凝视他。

"治国不一定要带兵！你年龄还小，念书第一，国家的事，你不必操之过急！你从小就肯读书，文学武功，都学得挺好！朕对你期望也很大。你不要辜负了朕，就是你的孝顺了！"

几句话说得永琪热血沸腾，又是感动，又是受宠若惊，又是汗颜，就恭恭敬敬地、心服口服地说：

"儿臣谨遵皇阿玛教诲！"

皇后听着，看着，脸色铁青。

乾隆看看小燕子，提起精神，一笑说：

"小燕子！算你运气，朕也不追究你了！免得你一天到晚提心吊胆，说不定做出更多稀奇古怪的事来！朕告诉你，以后要出宫，不要装成小太监，你跟令妃娘娘说一声，让人跟着你、保护你，你就大大方方出去吧！至于去福伦家，更无须躲躲藏藏，自家亲戚，多走走也好！"

小燕子大喜过望，眼睛睁得大大的，简直不相信自己的耳朵了。

"皇阿玛，您不罚我啦？"她小小声地问。

"朕不罚你了。"

"也不罚五阿哥吗？"她兀自不相信。

"也不罚五阿哥。"

"所有的人都不罚了吗？"

乾隆叹口气：

"都不罚了！"

皇后忍无可忍，冷峻地说：

"皇上！从今以后，这后宫之中，大概就再也没有纪律可谈了！"

乾隆不悦地皱眉：

"小燕子得到过朕的特许，本来就无须受到限制，皇后，你也睁一眼、闭一眼，不就天下太平了吗？"

皇后气得咬牙切齿。

小燕子却对着乾隆，灿烂一笑，在室内翩然一转，大声欢呼着说：

"皇阿玛！您有一颗最宽大、最仁慈的心！我跟您说，您不要为国家事操心了，您这么好，老天会报答您的！我在民间的时候，听到大家都说：'国有乾隆，谷不生虫！'您是大家心中最好的皇帝！国家一定会越来越强的！"

乾隆惊愕地看着小燕子。永琪、尔康、尔泰三人听得有些糊涂，彼此看了看。

"怎样的两句话？怎么朕跟虫子有关系呢？"乾隆听不懂。事实上，没有一个人听懂。

小燕子满脸发光地、振振有词地嚷着：

"国家有了乾隆，连稻谷都不会长虫子啦！大家把您看得跟老天爷一样啊！您不是人，是神啊！"

乾隆睁大眼睛，有点疑惑，有点惊喜：

"是吗？真有这样两句话吗？"

小燕子拼命点头：

"是啊是啊！你教我编，我都编不出来呀！"

乾隆寻思，不禁笑了：

"你编不出来？说得也是！"看着小燕子，想着那两句话，越想越得意，脸上的阴霾，竟一扫而空了。

"哈哈！小燕子，你真有一套！"就回头对皇后得意地说，"皇后！这个小燕子，是上天赐给朕的一个'开心果'，有了她，朕的烦恼，都被她赶走了！哈哈！朕珍惜着这个'开心果'，皇后，你也跟朕一样珍惜吧！"

皇后又气又愣。乾隆便拍拍皇后的肩，再说：

"小燕子的手给你踩了一下，腿，又给朕的椅子撞了一下，就算是打过了罚过了吧！"又转头看永琪等三人，"至于你们，明天，每人给我交一篇文章来，谈一谈边疆的治理办法！"

三人喜出望外，异口同声喊：

"遵命！"

一场"偷溜出宫"的大祸，就这样消弭于无形了。四人从乾隆书房走出来，几乎还不敢相信这个事实。怎么这么容易就过关了？

尔泰回头看看，做挥汗状。

"吓得我一身冷汗！居然有惊无险！"

永琪见无人注意，心里实在困惑，忍不住问小燕子：

"你那两句'国有乾隆，谷不生虫'，是真的还是编的？"

小燕子转着眼珠子：

"前一句是真的，后面那一句可能有点问题，我记不清楚了！"

尔康惊得瞪大了眼睛：

"啊？到底是怎样两句话？我听起来就怪怪的！"

"我真的弄不清楚呀！可是，我知道，一定是两句好话，因为紫薇听了好得意，你去问紫薇，就知道了！"

三人你看我，我看你，半晌，尔康呼出一口气来：

"我真服了你，这也敢随口就说！居然也错有错着，让皇上听了好开心、好得意！"看着小燕子，又是摇头，又是笑。

小燕子挥着那太长的衣袖，高兴起来：

"哈哈！没想到这么轻松就过关了，大家练习了半天的台词，一句也没用上！以后，还可以大大方方出宫去！哈哈……"不禁有些手舞足蹈起来，"我太高兴了！恨不得马上就去告诉紫薇！"

"你不要得意忘形啊！这两天，我劝你收敛一点吧！皇阿玛是为了国家操心，没有情绪管我们！要不然，哪会这么容易就放了我们。"永琪说，想起国事，不禁叹了口气。

永琪一叹气，尔康也跟着叹了口气。

小燕子就关心地看着三人，很认真地问："那个'西藏、面店、生姜……为什么'整个儿'很麻烦呢？让皇阿玛和你们都这么烦恼？"

三人一呆，互看，半天才想明白了，大家失笑。

"你是说'缅甸，回疆，准噶尔'是不是？"尔泰问。

"就是！就是！你们赶快教教我，搞不好皇上也要我交一篇文章，那就惨了！"

"这个，说起来就太复杂了，西藏、缅甸、回疆、准噶尔都是我们边境的部落……"尔泰解释着，才起了一个头，见小燕子一脸迷惑，就放弃了，"算了，算了！就是'整个儿'很麻烦！'面店，生姜'都很麻烦，那些麻烦跟你比起来，你就不够瞧了！只能算是'芝麻，绿豆'的小麻烦了！"

尔泰说完，三人都笑了。

永琪就关心地看着小燕子，问：

"你的手指怎样？"

尔泰立刻接上说：

"还有你的膝盖，撞伤没有？"

小燕子看着两人，嫣然一笑：

"当然很痛啦！但是，刚刚在皇阿玛那儿，我是夸张了一点，总要让他心痛，才能过关嘛！"

三人惊叹地看着小燕子，真是服了她！

小燕子却抬头看着天空，开始做起白日梦来：

"如果紫薇能够进宫来，跟我一起住，那就好了！她什么都懂！"

尔康心里一动，呆呆地看着小燕子，有个念头，在心里朦胧成形了。

紫薇当天就知道整个的经过情形了。小燕子又渡过一个难关！紫薇松了好大的一口气。尔康对于小燕子的"有惊无险"，叹为观止，不住口地说：

"她这个人一定有什么特殊法力，会把危机一一化解，实在不可思议！我们大家吓得魂飞魄散，教她的话，她也记不得，告诉她的事，她也不照做！真是毫无章法，乱七八糟，可是，她就有本领让皇上开心，连边疆战事的隐忧，都给她一语化解了！这个人是个奇人，我不服都不行！"

紫薇清澈如水的眸子，定定地看着尔康。尔康这才想起来，问：

"到底，这'国有乾隆，谷不生虫'是什么意思？"

紫薇笑了，说：

"是'国有乾隆，国运昌隆'。"尔康恍然大悟，原来如此！

第十三章

尔康自从和紫薇去过"幽幽谷"之后，就陷进一份强烈的渴望和浓浓的隐忧里了。他对紫薇的爱，像江河大浪，每天都波涛涌来，无法遏制。可是，紫薇的身份那么特别，自己又是身不由己的人，前途茫茫，到底该怎么办？他每天都在想办法，每天几乎都生活在煎熬里。他这种神思恍惚的情形，使福伦和福晋看在眼里，急在心里，不止一次，他们严重地警告着尔康：

"不可以！你绝对不可以和紫薇认真！你要认清一个事实！紫薇现在的地位实在太特别了，轻不得，重不得！如果她只是一个民间女子，你们既然有情，就收在身边，做个小妾，没什么大不了的！可是，她又不是普通女子，她是龙女呀！你忍心委屈她吗？"

尔康背脊一挺：

"我不会委屈她，除非凤冠霞帔，三媒六聘，正式娶进门来。我绝不会让她做什么小妾，除了她，我也不会容纳任何女人！"

"什么凤冠霞帔，三媒六聘？皇上根本不知道紫薇的存在，指婚的时候，怎么样都指不到紫薇身上，你如何跟她三媒六聘？正式成亲？"

"你脑筋清楚不清楚？皇上指婚的时候，你能抗旨吗？什么叫除了她，不要任何女人？你已经不是孩子了，在皇上面前当差，身负重任，居然说出这么幼稚和不负责任的话！"

福伦和福晋，你一句，我一句，苦口婆心，要尔康"悬崖勒马"。

尔康知道，父母说的，都是至理名言。只是，他和紫薇，两情相悦，两心相许，既已相遇，何忍分离？

是小燕子一句话提醒了尔康。福晋一句"皇上根本不知道紫薇的存在"第二次提醒了尔康……或者，大家千辛万苦，说服紫薇不进宫是错的！或者，应该让乾隆知道有紫薇这个人！或者，紫薇可以进宫，和小燕子一起存在……

尔康那个朦胧的念头，终于被一件事逼得成形了！

尔康不知道父母到底对紫薇说了些什么，但是，这天，尔康早朝之后回家，发现紫薇和金琐，不告而别了。

在书桌上，紫薇留下一张短笺，上面写着：

"尔康，几千几万个对不起，我走了！现在，小燕子已经尘埃落定，我的心事已了，我也应该飘然远去了！虽然我心里有无数无数个舍不得，但是，也有无数无数的安慰！我住在你家这一段日子里，领略到我这一生从来没有领略过的感情，终于知道，什么叫作'生死相许'，什么叫作'刻骨铭心'！我没有白活，没有白白认识你！感谢你对我种种的好，请不要为我的离去难过！我把你对我的恩情全部带走，把我的思念和祝福一起留下！永别了！请代我照顾小燕子！照顾你的父母和尔泰！紫薇留。"

尔康看完了信，脸上已经毫无血色，他的手颤抖着，信笺哆嗦得像秋风里的落叶。他看着父母，眼睛涨得血红，终于按捺不住，对父母挥着信笺狂叫：

"你们对她说了什么，为什么对这样一个温婉善良的女子，你们没有一点点同情，一定要把她逼走？你们知道不知道，她没有家，没有爹娘，现在，也没有小燕子，她什么都没有，你们要她走到哪里去？这样短短一封信，你们知道她有多少血泪吗？你们不在乎失去她，也不在乎失去我吗？"

尔康喊完，抓着信笺，冲出房门，狂奔而去。

接着，是一阵天翻地覆的搜寻。

尔康去了大杂院，柳青、柳红咬定了，根本没有见到紫薇和金琐。随尔康怎么询问，甚至是苦苦哀求，两人始终都是摇头。柳青还说：

"她不见了？她不是住在你家吗？怎么你不看好她？"

尔康毫无办法。突然发现，这个世界好大，要在这茫茫人海中，找寻紫薇和金琐，几乎是不可能的！

他也在街道上寻寻觅觅，也在市集中寻寻觅觅，也在他们去过的地方寻寻觅觅……紫薇就是不见了。怕小燕子得到消息，会沉不住气，又大闹起来，他们还不敢让小燕子知道。找了三天，一点踪影都没有！

再也没有办法，他和尔泰、永琪到了漱芳斋。

小燕子一听，急得三魂六魄，全都飞了，气急败坏地看着尔康他们：

"你们说紫薇走了，不见了，是什么意思！"

尔康一脸的憔悴，一身的疲倦：

"我已经找了她三天三夜，一点头绪都没有！我现在决定要去济南找她，但是，不知道她在济南的时候，到底住在哪里？老家还有什么亲戚？你赶快把所有你知道的事都告诉我！"

小燕子跳脚：

"她老家哪里还有人？你不知道她是把房子卖了来北京的？她的娘和所有的亲戚，早就断了关系，大家都看不起她们嘛！紫薇不会回济南的，虽然她偶尔会说，找不着爹就回济南，那只是说说罢了！你想，她老家什么都没有了，她回去干什么？"

"那么，她可能去什么地方呢？在北京，除了你以外，她还认识谁？"

"柳青！柳红！"

"我发现她失踪以后，马上就去了大杂院！柳青、柳红都说没有见到她！孩子们也说没见到！"

小燕子脸色苍白，神情痛楚，跺着脚，自怨自艾：

"我就知道不能这样过下去嘛！她一定是为了我走掉的！她要我安心待在这里，所以自己走掉……我……我就知道，不能依她，我该死！"她扬起手来，就给了自己一耳光。

尔泰急忙喊：

"不要什么事都怪你自己……这件事与你无关，是尔康闯的祸！"

小燕子惊看尔康，糊里糊涂，就对尔康一凶：

"你赶她走吗？你为什么这样做？"尔康痛苦得快要死掉了。

"我赶她走？我留她都来不及，我怎么会赶她呢？为了她，功名利禄，前程爵位，我什么都抛！天涯海角，跟她流浪去，我认了！"

小燕子瞪着尔康，在尔康如此坦白强烈的表示下，恍然了解了一些事情，不禁大大地震撼了，呆呆地看着尔康，说不出话来了。

永琪急忙一步上前，急促地说：

"尔康！你一向最冷静，今天，你最不冷静！这个漱芳斋，实在不是我们谈话的地方，容嬷嬷说不定躲在哪个角落里，等着逮我们！所以，长话短说，小燕子，你赶快告诉我们，紫薇还可能去哪里？如果再找不到紫薇，尔康会发疯的！"

小燕子呆了片刻，忽然向外就跑，一面跑，一面喊：

"我去求令妃娘娘，我马上跟你们出宫去！只有我，才找得到她！你们先去五阿哥那儿等我！我马上就来！"

小燕子就像箭一般冲进令妃寝宫，对着令妃，就扑通一跪，喊着：

"令妃娘娘！皇阿玛说，如果我想出宫，只要跟你说一声就成！我现在就想出去，你让我出去吧！"

"现在？"令妃好惊愕。

"是啊！现在天气又好，太阳又好，我出去透透气，马上就回来，好不好？"

"谁保护你？"

"有尔康和尔泰啊！"

令妃一怔，又是尔康、尔泰，看着心急如焚的小燕子，以为自己明白了。尔康和尔泰是她的内侄，都还没有指婚，如果能和小燕子成亲，那是再好不过了。她心中想着，也就乐得放行了。

"让小邓子、小卓子跟着，换一身平民衣裳，不许单独行动，不许去杂乱的地方，吃晚饭前一定要回来！"

"是，是，是，是……"小燕子一迭连声，应了几百个是，磕了好几个头，然后，跳起身子，又像箭一样地射出门外去了。

半个时辰以后，小燕子、尔康、尔泰、永琪带着仆从，驾着马车，来到大杂院。

院子里的孩子和老人们，看到小燕子，一拥而上，别提多么开心和意外了，几千几万个问题要问，小燕子没有时间和他们话旧，匆匆忙忙地，把柳青、柳红拉到一边，尔康、尔泰、永琪都围了过来。

小燕子便对柳青、柳红正色说：

"柳青，柳红！这三位是我的好朋友，哥们！和你们一样，我跟他们已经拜了把子！自从我离开大杂院，我发生了很多事，好几次都差一点翘辫子，是他们三个，一次又一次地救了我，他们对我有恩，是自己人！"

柳青的脸色立刻僵硬起来：

"你失踪了这么久，第一次回来，就是为了给我介绍朋友吗？"

小燕子脸一板，声音提高了：

"不是介绍朋友，是向你要两个人！"说着，就对柳青、柳红一凶，"你们把紫薇和金琐藏到哪里去了？"

柳青一呆：

"谁说我藏了她们？你好奇怪！"

"真的没看到她们！不知道她们在哪里！"柳红

也说。

小燕子一跺脚，嚷着：

"你们是怎么回事？不认得我是谁吗？不记得我是谁吗？也不记得在这大杂院里，你们两个亲眼看见我和紫薇结拜的吗？她是我的妹妹呀！如果不是事关紧急，我会跑出来找你们吗？你们也知道，我现在待的地方，出来一趟，难得不得了！你们不要跟我打马虎眼了，再不告诉我，我就翻脸了！"

柳青涨红了脸：

"我说不知道就是不知道！"

小燕子大怒，对柳青就一拳打去：

"你气死我！你如果不知道紫薇在哪里，你就是小狗！你在我面前还撒得了谎吗？你满脸都写了字，你知道！你明明知道！"她掉头看柳红，大声喊，"柳红！你们以为在帮紫薇吗？你们在害她呀！你要让她哭死吗？要让她伤心死吗？再不说，我一辈子不理你了！"

柳红叹了口气：

"好了好了！我告诉你吧！你去银杏坡，土地庙后面的山坡上，有一间小茅屋……"

柳青跺脚，喊：

"柳红！你怎么这么沉不住气？"

柳红抬头看柳青：

"哥！你真的要让紫薇哭死吗？"

尔康、尔泰、永琪彼此一看，立刻掉头跑向马车。

小茅屋顺利找到了。

大家跳下车，纷纷冲向茅屋，小燕子大喊着：

"紫薇！紫薇！你快出来！我来找你了啊！"

尔康已经身先众人，冲到茅屋前，一推门，门便开了。

房内空空如也，只有简单的炊具，四壁萧然，什么人都没有。

尔康一呆，小燕子一呆，随后奔来的尔泰和永琪一呆。

"我们被骗了！这儿哪里像姑娘住的地方？"

"就是嘛！连张床都没有，只有稻草堆！"

小燕子回头，很有把握地说：

"柳红不会骗我们，她们一定就在这附近！大家分开来找！"便大喊，"小邓子！小卓子！小桂子！你们都帮忙去找人！"

几个太监苦着脸，小邓子问：

"格格要找谁？高的还是矮的？胖的还是瘦的？"

"两个姑娘！和我一般大，长得像天仙一样的，就对了！"小燕子说。

三个太监应着"喳"，分头去找。

尔康失望地走出茅屋，站在山坡上眺望，四面一看，忽然惊觉：

“这儿离一个地方好近……幽幽谷！”

蓦然之间，尔康冲到马车前，解下一匹马，飞身跃上马背。

“驾！驾！驾……”

尔康一夹马腹，马儿如箭离弦，飞快地向前奔去。

小燕子和众人，目瞪口呆，纷纷大叫：

“尔康！尔康！你去哪里？尔康……”

紫薇确实在幽幽谷。

本来，只要柳青给她弄个可以住的地方，怎么都没想到，那么巧！小茅屋的后面，走不了多远，竟然是幽幽谷！第一天住进来，百无聊赖，整天在外面走，走来走去，就发现了这个山谷，然后，她就离不开这个山谷了。站在水边，想着尔康，她的心已碎、魂已飞。为什么要相遇呢？为什么相遇又不能相守呢？难道，母亲的命运，要在自己身上重演？终身的等待，终身的相思！却再也见不到面了！她想着母亲的歌："山也迢迢，水也迢迢，山水迢迢路遥遥！盼了昨宵，又盼今朝，盼来盼去魂也销！"心里真是千回百转，百转千回。

云淡淡，风轻轻，水盈盈。

紫薇就这样默默地站着，动也不动。一任云来云往，风来风去，花飞花落……金琐不敢打扰她，坐在远远的一角的石头上，关心地、同情地、无奈地注视着她。

忽然间，马蹄声传来。

紫薇被马蹄声惊动了，蓦然回头，简直不敢相信她的眼睛，是尔康！他正骑马奔来。她挺立着，不能动，不能呼吸。尔康的身影，越奔越近，越奔越近，越奔越近……

金琐站起身来，惊喜交集，看着尔康。

尔康奔到紫薇身边，翻身落马。他气喘吁吁地站住，一眨也不眨地看着紫薇。两人都不说话，就这样痴痴对视，好久，好久。然后，尔康张开双臂，紫薇就投进他的怀里去了。两人紧紧地、紧紧地拥抱着，只觉得万籁无声，天地无存。世界上，只剩下他们两个，遗世而独立。

好半天，尔康才抬起头来，看着她，恍如隔世。

"紫薇，你好残忍！留那样一封信给我，写上一句'生死相许，刻骨铭心'，再写上一句'永别了！'然后一走了之！你知道这对我是怎样的打击？你安心要我活不下去，是不是？"

紫薇落泪了，定定地看着尔康，千言万语，不知从何说起。

"你怎么会找到了我？"她问。

尔康拉着她的手，紧紧地看着她：

"这个，慢慢再告诉你！算是我们心有灵犀吧！现在，有一大堆人在等着我们呢！我要你一句话。"

"什么话？"

“你真的要离开我吗？你真的要走出我的生命吗？真的吗？”

紫薇一眨也不眨地迎视着他，眼里燃烧着一片炙热的深情，心里的千回百转，百转千回，化成两句最缠绵的誓言。她低低地、坚定地念了两句诗：

“山无陵，天地合，乃敢与君绝！”

尔康把她紧紧一抱，热烈地喊：

“有你这样几句话，我们还怕什么？命运在我们自己手里，让我们去创造命运吧！事在人为啊！我会拼掉我的生命，来为我们的命运奋斗！”

金琐站在一边，流了满脸的泪。

小燕子等一群人，正在茅屋前面着急，找了半天，什么人都没有找到。

忽然，大家听到马蹄嗒嗒，抬头一看，只见紫薇和尔康并骑着马，缓步徐行，像梦一样地出现。金琐远远地跟在后面。

小燕子发出一声欢呼：

“尔康找到她了！找到她了呀！”便扬起手帕，跳着脚大叫，“紫薇！紫薇！我在这儿啊！”

紫薇在马背上，也对众人挥手。

永琪见双人一骑，绿野红驹，两人耳鬓厮磨，衣袂翩然，不禁感动地大叹：

“这好像一幅画，画的名字就叫‘只羡鸳鸯不羡仙’！”

尔泰羡慕地说：

"能够这样爱一场，痛苦一下也值得了！"

尔康见到众人，不好意思再慢慢骑，催马上前。

尔康和紫薇刚刚下马，小燕子就冲上去，拉着紫薇的手，跳脚大骂：

"你搞什么鬼？好端端地闹失踪，要吓死我们每一个人吗？上次才一本正经地教训我，说是什么有福同享、有难同当的！你现在跑来睡小茅屋，是不是要我跟你一起来睡小茅屋？好嘛，咱们'有稻草同睡，有茅屋同住'，我今天不回宫了！我得跟你'有难同当'！"

永琪一听，吓坏了。

"你可别陷害令妃娘娘啊！是她保你出来的！"

"管不着了！"

尔泰见小燕子认真的样子，觉得有点担心，回头看永琪：

"我跟你说，我们迟早会被这两个格格，弄得天下大乱、人仰马翻！"

"还说什么'迟早'，已经天下大乱、人仰马翻了！"

紫薇见众人这样劳师动众来找她，已经不安，再听大家这样一说，更加不安，就对众人团团一揖，说道：

"不知道会把你们闹成这样，还惊动了五阿哥，真是对不起！"

小燕子气呼呼地喊：

"什么'不知道'！你用脚指头想，也知道会闹成这样！哦……"忽然拉住紫薇，身子转开一点点，就问，"我还没有审你，什么时候和尔康对上眼的，上次见面怎么也不说一声……"

紫薇见众目睽睽，大窘，跺脚，身子一躲，脸一红。

"不要说了嘛！"

这时，金琐已经走来，见这么多人，连忙说：

"要不要进屋里去坐？我去烧壶开水，给大家泡壶茶，好不好？"

小燕子拉住金琐：

"算了，那个屋里，他们也坐不下去，我们就在这草地上坐坐，算是出来郊游吧！"

永琪高兴地说：

"对呀！难得有这样的机会，大家可以从那个绿瓦红墙里，到这个有山有树的地方来，算我们沾了尔康和紫薇的光！今天是个大日子，离别的人能够重逢，有缘的人能够相聚！太好了！真该好好庆祝一下！咱们就席地而坐吧！"便回头大喊，"小邓子、小卓子、小桂子！你们把马拉去吃草！走远一点，不要打扰我们！知道吗？"

三个太监，已经很习惯这几位主子的神神秘秘，便拉着马，走到远处去了。

尔康见四野无人，正是讨论大事的时候，就对大家郑重地说：

"我有一个大计划要宣布！你们大家听好，这个主意，我已经想了很久，一直只是酝酿着，没有成熟，今天，我被紫薇逼得非拿主意不可了！方法是有一点冒险，但是，说不定可以解决我们大家的困境，制造出一个全新的局面！"

小燕子又紧张，又兴奋：

"什么方法？快说！快说！"

尔康就郑重地，一个字一个字地说：

"让紫薇进宫去！"

大家一怔。

"怎么进宫？皇宫这么容易进去吗？"尔泰问。

"这要看小燕子的功夫了，以前，紫薇进不了宫，见不到皇上，因为没有门路，现在不同，她有一个结拜的姐姐当了格格，这个格格在皇上面前很吃得开，那么，要个宫女，总可以吧！就算小燕子看中了我们家的一个丫头，可不可以跟咱们要了，带进宫里去呢？这事连皇上都不必惊动，皇上日理万机，哪儿管得着宫女的事？小燕子只要去求令妃娘娘，我再让额娘去跟她敲边鼓！一定进得了宫！"尔康说。

"我不懂，就算紫薇能够进宫，目的何在？总不能跑到皇阿玛面前去说，小燕子不是格格，我才是格格！那岂不是坐实小燕子的欺君大罪？如果不说真相，进宫去当宫女，岂不是又多一个人陷进宫里？"尔泰问。

"进了宫，就看紫薇的了！只要有机会接近皇上，紫薇不必说穿真相，只要慢慢让皇上了解有她这么一个人，见机行事！我觉得，皇上和小燕子的父女之情已经奠定，牢不可破！如果他再发现有个紫薇，似乎更像夏雨荷的女儿，更像自己的女儿……使他不得不喜欢，不得不亲近，到了那一天，我们再把真相告诉他！我的如意算盘是，真假格格，他都喜欢，都舍不得！说不定，他会把她们两个，一起接受！"

大家你看我，我看你，认真地思索起来。

尔泰想了想，本能地抗拒：

"不行！不行！你这叫作'病急乱投医'！本来，一个小燕子在宫里，我们已经提心吊胆，现在，再加一个紫薇，不是更加混乱了？你的最终目的，就是要让她们两个各归各位，让紫薇得回格格的身份，那么，你就可以名正言顺地请求皇上指婚！你这个圈子兜得太大了，万一弄巧成拙，你会害了小燕子！我反对！这样太自私，太危险！"

尔泰这样一说，紫薇立刻跳了起来：

"尔泰说得对！我不干！只要威胁到小燕子的事，我通通不干！"说着，就看尔康，责备地说，"你太自私了，本来，你最怕的就是小燕子身份被看穿，现在，你居然做这样的提议，你好可怕！"

尔康大大地叹了一口气：

"我可怕？我自私？你们不要拼命给我加罪名，而不用大脑去想一想！你们想，紫薇会让小燕子危险吗？她会拼命保护小燕子的！小燕子现在才危险，一天到晚想出宫，有了危机不会躲，被跟踪了也不知道！紫薇进了宫，姐妹两个有商有量，紫薇可以做小燕子的手，小燕子的眼睛，小燕子的头脑，对小燕子，才是一个大大的帮助呢！我承认，我最终的目的确实是尔泰所说的，难道，你们大家不想那样吗？紫薇真的不想认爹吗？小燕子真的不想脱身吗？"

几句话说得小燕子热血沸腾，眼睛发光，激动地嚷道：

"我想我想！我决定了！就这么做！"说着，就站起身来，急匆匆地喊，"我这就回去，告诉皇阿玛我要紫薇进宫……不过……"看着紫薇，"我当格格，要你当宫女，好像太委屈你了，我就说，我有个妹妹。"

"你看你！你是夏雨荷的女儿，怎么会有妹妹呢？宫女就是宫女！只有宫女，进宫才容易！"永琪说。

看着小燕子，突然对这个计划也兴奋起来："如果真要这么做，大家就要把细节编得清清楚楚、天衣无缝才行！"

"我还是反对，任何天衣无缝的故事，到了小燕子那儿，都会变得天衣有缝！"尔泰说。

小燕子气得把尔泰一推，大吼着说：

"你对我有点信心好不好？这件事关系到紫薇认爹，关系到我的脑袋，关系到紫薇和尔康能不能做夫妻……我还不知道严重性吗？大家编故事吧，我就是用一个字一个字背的，我也要把它背出来！我再也不能忍受，紫薇和大家为我而痛苦了！如果紫薇再失踪一次，我那个格格也做不下去！"

紫薇看着大家，这个提议，对她确实是个大诱惑，但是，她仍然抗拒着："不要忙！我觉得不好，哪里不好，我也说不上来，就是觉得很危险！虽然，进宫能见到皇上，对我是一个大大的诱惑，就算不能认爹，让我有机会亲近一下，也是好的！可是，我很怕小燕子因为同情我、在乎我，会在一个冲动下，把真相整个抖出来，我不要！我不同意！"

小燕子急坏了，抓着紫薇的手，拼命摇着，喊着，哀求着：

"你不要婆婆妈妈了，如果我会抖出来，现在也会呀！想想看！这是多么伟大的提议，说不定我不用丢脑袋，就可以把你爹还给你！就算不行吧，有你进宫来陪着我，我夜里做梦都会笑！我跟你发誓，我一定都听你的话，只要你觉得危险的事，我全体不做！

"你要说出真相的时候再说，你不说的话，我咬紧牙关，绝对绝对不说！紫薇，求求你！同意了吧！看在结拜的分上，不是有福同享、有难同当的吗？与其我来跟你住茅屋，不如你去跟我住皇宫！"

小燕子这一番话，说得合情合理，婉转动听，又诚恳之至。紫薇的心，就大大地活动起来。

尔康就对紫薇积极地，诚恳地说：

"紫薇，给你自己一个机会，也给我们两个一线生机！我们以半年为期，如果半年之间，状况不能突破，小燕子就宣称不要你了，我们就把你接回家里去！如果，皇上真的认了你，我们所有的难题，就迎刃而解了！"

永琪想明白了，不住点头，深思地说：

"我越想，就觉得这个办法实在不错，目前，我们大家等于是生活在一个大谎言里，每天担心着怎么圆谎，确实不是一个长久之计！小燕子的秘密，其实随时都有可能拆穿，危危险险的！紫薇或许是小燕子唯一的机会！只要皇阿玛两个都喜欢，她们彼此又情深义重，皇阿玛本来就是性情中人，到时候，一定会感动！只要他感动了，大概就不会追究小燕子的欺君大罪了！"

一直在默默旁听的金琐，此时，再也按捺不住，上前激动地说：

"小姐！你的梦想，太太的遗命，尔康少爷的希望，都在你的身上啊！你还考虑什么呢？不过……"

她掉头看小燕子，郑而重之地说："你不能只要一个宫女，你得连我一起弄进宫去才行！我和小姐，是绝不分开的！"

尔泰看着大家，大叫：

"你们通通走火入魔，全体发疯了！不过，既然要发疯，大家一起发吧！时间宝贵，你们还拖拖拉拉些什么？大家过来过来，仔细地编故事吧！"

于是，全体的人，都聚了过去。

就这样，大家做了一个决定：把紫薇送进宫去！

第十四章

一切都照计划进行。

小燕子没有耽搁，第二天一早，就到了令妃面前，对着令妃就跪下磕头。

"娘娘！我有事情要求你帮忙！"

"干吗行这么大的礼？赶快起来！"令妃惊愕地说。

蜡梅、冬雪就去搀扶小燕子。

"不起来！不起来！等娘娘答应了我，我才要起来！"

"什么事情那么严重？"

"对娘娘来说，是一件小事！我想增加两个宫女！"

"你还要两个宫女？难道明月、彩霞侍候得不好吗？"令妃不解，困惑着。

"不是！她们两个好极了，只是我还想要两个。"

"再要两个人也不难，只是你一个人，需要那么多人侍候吗？"

"其实，不是侍候，是解闷！这两个人如果进了宫，我就不会每天闹着要出宫了！娘娘也可以少操一点心！"

令妃大惊：

"难道，你还有指定的人选不成？难道……还要从宫外弄进来不成？"

小燕子就从地上站起，走过去，搂住了令妃的肩：

"娘娘！算您宠我一次！我知道，您心里疼我，每次有好吃的、好用的，您总是送给我！皇后娘娘骂我的时候，总是您帮我说话，我将来一定会报答您的！您宠我就宠到底吧！把这两个宫女赐给我吧！"

令妃听得糊里糊涂：

"哪两个呢？""她们一个叫紫薇，一个叫金琐！现在都在福伦大人家里当差！"

"福伦？又是他们家？"令妃审视小燕子，"你跟他们家走得真近！"

"那两个丫头真是好得不得了，跟我投缘得不得了，简直像我的姐妹一样！她们进了宫，我也不需要宫里发月俸钱给她们，皇阿玛赐我的银子，我还没有用完，我自己付月俸！只要您允许她们进宫！"

令妃凝视小燕子，十分疑惑：

"好！这件事我放在心上了，等我考虑几天再说！"

小燕子急死了。

"娘娘，不用考虑了！我那个漱芳斋，每天的饭菜都吃不下，多两个人吃饭，一点问题都没有！"

"那也不能听风就是雨，要怎么办，就怎么办！总得让我想想！"小燕子再急，也无可奈何了，只好等令妃考虑。

令妃并没有考虑太久，找来了福晋，她仔细地问了问，福晋早已和大家套好了词，说得头头是道。令妃这才恍然大悟：

"你说，那两个姑娘是还珠格格的结拜姐妹？"

"是啊！当时，还珠格格刚进宫，见着尔泰，她就托尔泰去照顾这两个姑娘！尔泰哪会做这些事呢？我就跑了一趟，谁知这两个姑娘，长得玲珑剔透，干干净净，我一看就喜欢，干脆接到家里来，让她们帮忙做做家事。这样，还珠格格想她们的时候，来我家就见着了！"

"原来如此啊！这孩子，怎么也不跟我明说呢？那么，上次格格偷溜出宫，也是要见她们两个吗？"

"不错！三个姑娘，感情好得不得了。"

令妃沉吟：

"依你看，她们进宫来当宫女，有没有什么不妥呢？"

福晋看着令妃，诚恳地说：

"还珠格格现在是皇上面前的小红人，这也是你处理得当的结果！说真的，不定哪一天，我们会需要她的支援！让她高兴，又有什么不好呢？宫里又不在乎多两个人。至于这两个姑娘的人品，我可以担保！"

令妃眼睛一亮：

"是啊！还是姐姐您想得周到，那么，就这么决定了吧！过两天，你就让她们进宫来吧！"

真是顺利得出乎意料。本来，在宫中，尊贵如令妃，要安排两个宫女进宫，根本就是小事一件。

紫薇进宫的前一晚，尔康真是矛盾极了、担心极了，离愁依依，千丝万缕，对紫薇，有说不完的话：

"紫薇，这次把你送进宫，实在是无可奈何的一条路，我千思万想，只有冒这个险，才能让每个人都各得其所！可是，在我心里，真巴不得你再也不要离开我！那道宫墙，虽然只是一道墙，感觉上，有些像铜墙铁壁！我还真不放心你，不舍得你！明天你进了宫，我会一直担心下去，还不知道要担心到哪一天为止？你还没进宫，我已经有些后悔了！不知道这步棋到底是对，还是不对？你答应我，千万千万，要小心谨慎啊！"

紫薇不住点头，凝视着尔康：

"你放心，我不是小燕子，我会非常小心，非常谨慎的！我知道你做这样的安排，有多么矛盾！我也知道，你为我想得多么深入！你明白我心底对皇上的渴望，你也明白，我在你家这样住下去，妾身不明，非长久之计！现在安排我进宫，解决了我处境的尴尬，又给未来铺下了一条相聚的路，你真是用心良苦！如果我不了解你这种种用心，我也不会听你安排了！"

尔康听得又是激动，又是感动，又是心醉，又是心碎。

"有时，真恨自己生在公侯之家，弄得身不由己！那天，在幽幽谷见到你，我应该把你抱上马，就这样策马而去，再也不要回来！"

"如果那样，你就不是有担当、有责任感的福尔康了！"

尔康深深地盯着她：

"你进了宫，我们见面就不像现在这么容易，但是，我还是会进宫来跟你见面！你随时要跟五阿哥联络，每天都要让我知道你的情形！"

紫薇拼命点头，眼中已有泪光。

"在宫里，不比外边，你又只是一个宫女，不像小燕子有'格格'身份撑腰，你的一举一动，都要留神。对皇上，也不要太心急，更不要亲情发作，就不能自已！你一定要有个数，他心底，已经先入为主地认了小燕子！"

"我知道，我都知道！"

"万一在宫里住不下去，告诉五阿哥，我们就接你出来，千万不要勉强！"

"我知道，我都知道！"

尔康深切地看着她，恨不得用眼光将她紧紧锁住。

"记住！今天的小别，是为了以后的天长地久。"

紫薇又拼命点头。

"那么，你还有话要跟我说吗？"尔康不舍已极地看着她。

"珍重！"

尔康心头一热。

"就这么两个字？"期待地问，"还有没有别的呢？"

紫薇就走到桌前坐下，开始抚琴。她一面拨出叮叮咚咚的音符，一面凝视着尔康，婉转地唱着：

> 聚也不容易，散也不容易，聚散两依依，
> 今夕知何夕！
>
> 见也不容易，别也不容易，宁可相思苦，
> 怕作浮萍聚！
>
> 走也不容易，留也不容易，心有千千结，
> 个个为君系！
>
> 醒也不容易，醉也不容易，今宵离别后，
> 还请长相忆！

紫薇唱完，眼光幽幽柔柔地看着尔康。

尔康神魂俱醉，痴倒在紫薇的眼神、歌声里。

于是，这一天，福晋领着紫薇、金琐，进了宫，直接来到令妃面前。

小燕子早就等在令妃旁边，用热切的眸子，盯着紫

薇，兴奋得不得了。

"娘娘！我把紫薇和金琐带来了！"福晋说。

紫薇和金琐双双跪下磕头。

"奴婢紫薇叩见令妃娘娘！娘娘千岁千千岁！"

"奴婢金琐叩见令妃娘娘！娘娘千岁千千岁！"金琐也跟着磕头。

"抬起头来！给我瞧瞧！"令妃说。

紫薇和金琐便双双抬头。

令妃走到两人面前，仔细地打量二人，心里有些惊讶，不能不赞美：

"哟！长得真是不错！白白净净，清清秀秀的！"

便问紫薇："几岁啦？"

"奴婢十八岁！"

"我十七！"金琐急忙跟着答。

"没问你，不用答话！"令妃笑着说。

"是！我知道了！"金琐急忙回答。

"好了，这'我呀我的'毛病，慢慢再改吧！跟了还珠格格，我想，这规矩就难教了。不过，格格得到皇上特许，可以不苛求'规矩'，你们两个，就不一样了！这些宫中的礼仪规范，还是要遵守的！如果出了差错，别人会说我令妃，怎么让你们两个进宫的！知道吗？"

紫薇急忙磕头说：

"奴婢谢娘娘指点！一定遵守规矩，不让娘娘为难！"

令妃一怔，忍不住再看了紫薇一眼。

小燕子站在一边，早已忍耐不住，上前对令妃急急地说：

"我可不可以带她们回漱芳斋了？"

"你急什么？我话还没有说完呢！"令妃又对两人叮嘱，"你们两个，是靠着还珠格格的面子进宫来的，没有受过正式的宫女训练，自己要机警一点，要知道分寸！就算在漱芳斋里，也不可以和格格没上没下！宫里地方大，除了漱芳斋，别的地方不要乱走乱逛！出了娄子，可没有人给你们收拾！"

紫薇又磕头，说：

"奴婢谨遵娘娘教诲！一定会自我约束，谨守本分，不敢逾矩！"

令妃又看了紫薇一眼，觉得此女说话不俗，有点纳闷。

小燕子已经急得不得了：

"娘娘！您说完没有？其他的规矩，我会慢慢地教她们！"

令妃睁大眼睛，失笑地说："你教？那你还是别教的好！"

正说着，外面忽然传来太监的大声通报：

"皇上驾到！"

紫薇一听到这四个字，脑中顿时轰的一响，整个人就惊得一颤。皇上？皇上？她才进宫，居然马上可以见到皇上？天啊！她的心擂鼓似的在胸腔里敲击，脸色顿时发白，眼睛直了。皇上来了，乾隆来了，那一国之君，万人之上，她从未谋面的亲爹啊！她简直不能呼吸了，跪在那儿动也不敢动。

乾隆大步走进，一屋子的人请安的请安、拜倒的拜倒。

令妃和福晋急忙迎过去。

"皇上，怎么这会儿有时间过来？"令妃问。

乾隆心情良好，大笑说：

"哈哈！今天真高兴，缅甸的问题解决了！他们居然派了使者，要来讲和！可见咱们大清朝，还是威名赫赫！几位大将，都不含糊！"这才看到福晋，笑着说，"哟！这儿有客！"

福晋早已福了下去：

"臣妾参见皇上！"

乾隆对福晋点点头，和颜悦色地说：

"朕刚刚还奖励福伦了一番！你家的尔康、尔泰，越来越有出息了，你的相夫教子，功不可没！"他一转眼，看到小燕子，更乐了，对小燕子招手说，"过来！过来！许你不学规矩，你见了皇阿玛，还是应该主动招呼一声，怎么这样傻傻的？"

小燕子看到乾隆进门，就和紫薇一样，兴奋得发呆了，一双眼睛，不停地看乾隆，又不停地看紫薇，恨不得冲上前去，拉着乾隆大喊：看啊看啊！那才是你的女儿啊！赶快认清楚啊，那才是你真正的还珠格格啊……可是，她什么话都不能说，拼命憋着，看来看去，心情紧张，魂不守舍。这时，听到乾隆点名召唤，才急忙请安，说道：

"皇阿玛吉祥！"

乾隆对小燕子笑着说：

"哈哈！你是金口啊！居然给你说中了！你说，国家会越来越强盛的，果然不错！'国有乾隆，谷不生虫'也有点儿道理！哈哈！"

乾隆忽然看到跪在地上的紫薇、金琐，一怔，就仔细地看了看。紫薇接触到乾隆的眼光，心里扑通扑通跳，心脏几乎从嘴里跳了出来。她知道应该低头，就是无法移开视线。天啊！他多么英俊，多么高大，多么神气啊！她心里想着，身子僵着。乾隆看了一会儿，觉得眼生，便不在意地挥手说：

"起来！起来！不要每个人看到朕，就跪着忘记起身！"

紫薇再度一颤，看到乾隆跟自己说话，连呼吸都几乎停止了，脸色苍白得厉害。

在一边的福晋，急得要命，赶快走过去，轻轻一碰紫薇：

"皇上要你们起来，就赶快谢恩起来呀！"

紫薇这才觉醒，抖着声音磕下头去：

"谢皇上恩典！"

金琐也跟着说了一句，两人站了起来。紫薇心情太激动了，又在久跪之后，脚下一软，差点跌倒。金琐急忙扶住，一声"小姐"几乎脱口而出，幸好及时咽住了。

乾隆觉得两人有点奇怪，诧异地再看了她们一眼。

令妃就说：

"这是新来的两个宫女，我拨给小燕子用了！"

乾隆听说是宫女，毫无兴趣。

"哦！"转头看小燕子，"你今天是怎么啦？平常话多得很，今天怎么如此安静？"

小燕子一惊，慌忙振作了一下，没话找话，对乾隆说："皇阿玛，'面店'的问题解决了，'生姜'的麻烦是不是也没有了？"

乾隆怔了怔，半天才醒悟，大笑说：

"是！'面店'的问题解决了，'生姜'的麻烦也会过去！"拍拍小燕子的肩膀，立即一瞪眼，"什么'面店''生姜'，还'麻油'呢！明天去跟纪师傅说，皇阿玛要你把边疆问题，弄弄清楚！"

小燕子着急，提到纪师傅就头大，说：

"'生姜'都还没闹明白，你还要我学'边姜'！'边姜'是个什么姜，我怎么弄得清楚嘛！明天我可不可以不上课？因为，我……"看紫薇，突然把紫薇推到乾隆面前，冒出一句，"这是紫薇！"又指指金琐，"那是金琐！"

乾隆觉得莫名其妙，再看了两人一眼，心不在焉地说：

"好好，你们不必一直杵在这儿，下去吧！"

紫薇的心，蓦地一沉，好生失望，脸色就一片惘然，眼神中一片落寞。

小燕子急忙对乾隆屈了屈膝，嚷着说：

"谢谢皇阿玛！我带她们先去漱芳斋，等会儿再来侍候您！"

小燕子一拉紫薇，紫薇便对乾隆福了一福，跟着小燕子，失魂落魄地出去了。金琐依样画葫芦地福了一福，也跟着出去了。

福晋这才暗暗地呼出一口气，被这一幕父女相见，弄得紧张死了。

从延禧宫出来，紫薇失神落魄，小燕子神魂未定，金琐却兴奋不已。"我见着皇上了耶！真的是皇上！他看起来好年轻，好威风啊！他脾气挺好的样子，一直笑！"金琐低低地，不敢相信地说。

"你没看到他发脾气的时候，只要喉咙里哼那么一声，一屋子的人都会吓掉魂，扑通扑通全跪一地！"

小燕子说。

金琐陷在自己的震撼里。

"当皇上好神气呀！"她转头看小燕子，羡慕地说，"你也很过瘾嘛！皇上对你那么好，你说那个'生姜'的时候，他笑得好高兴！"忽然发现紫薇的失魂落魄，急忙对紫薇说，"小姐，你不要难过，他现在还没发现你呢！"

小燕子也急忙对紫薇说：

"今天才是你第一天进宫，想不到皇阿玛会突然进来，你一点准备都没有，当然没办法引起皇阿玛的注意，你千万不要泄气，日子还长呢！"

紫薇眼中含泪，轻轻地说：

"我没有泄气，也没有难过，只是……忽然发现自己的亲爹站在那儿，高大，挺拔，威武，神气……我觉得心里像是烧滚的油锅一样，整颗心都快从嘴里掉出来了。我那么激动，但是，他几乎没有正眼看我！"

"小姐，你别急呀！小燕子说得对，日子还长着呢！咱们慢慢等机会嘛！"

紫薇忽然回过神来，惊觉地说：

"金琐！小心！你如果不改称呼，我们迟早会出问题的！"

金琐被提醒了，急忙收收神：

"我忘了！以后一定注意，绝对不再出错！"就对小燕子屈屈膝，"格格请走前面，奴婢后面跟着！"

小燕子看了紫薇一眼，心中涨满了喜悦，实在没有办法让紫薇跟在自己身后做"奴婢"，又见紫薇若有所失，便跑过去，一把挽住紫薇的胳臂，热情地说：

"紫薇！你振作一点！不要失望！现在，我们两个又在一起了，多好呀！想想看，几个月以前，我们还什么门路都没有，像没头苍蝇一样到处乱飞，不知道要怎样才能见着皇上！现在，我们两个都进了宫，而且……"

紫薇被小燕子鼓舞了，深吸口气，说：

"而且，我已经见着了皇上！这才是我进宫的第一天，我居然就见着了他！"说着说着，就喜不自胜了。

小燕子因紫薇的高兴而高兴，跳跳蹦蹦地走着、说着：

"是啊是啊！我们已经很不容易了！这就像五阿哥说的，山路走完了有水，柳树落了又有花……"

紫薇笑着更正：

"山重水复疑无路，柳暗花明又一村！"

"对对对！就是这两句话！"拍着紫薇的肩，又笑又兴奋，"我们已经走完山路，现在走水路了！你还有什么不开心呢？开心起来！知道不知道？"

紫薇心情已经好转，被小燕子引得兴奋起来，应道：

"是！格格！奴婢遵命！"

"你敢这样叫我……我呵你痒哦！"小燕子笑着喊。

紫薇机警四望，咳了一声："格格，请走好！"

小燕子赶紧收敛，放眼四望。

容嬷嬷站在回廊下，正对三人阴沉而好奇地凝视着。

小燕子笑容僵了，拉了紫薇一下。"我们绕路走吧！别惹这个老巫婆！"小燕子低声说。

紫薇觉得有点不对，眼光顺着小燕子的眼光看去，和容嬷嬷冷冽的眼神一接，不知怎的，竟激灵地打了个寒战。

小燕子带着紫薇和金琐，走进漱芳斋，就兴奋地大喊：

"明月！彩霞！小邓子！小卓子！通通过来！通通过来！"

明月、彩霞、小邓子、小卓子立刻奔了过来，屈膝的屈膝，哈腰的哈腰。

"格格吉祥！"

"我要给你们大家介绍两个人！"小燕子喊着，就一手拉紫薇，一手拉金琐，对四人说，"这是紫薇，这是金琐！对宫里的人来说，她们两个是我这儿新来的宫女，实际上，她们两个是我的结拜姐妹！"

紫薇吓了一跳，看着小燕子：

"格格！怎么这样说？"

小燕子对紫薇一笑：

"如果我们在漱芳斋里，还要避这个避那个，我们就活不下去了！你放心，他们四个，已经是我的心腹了，就像五阿哥的小桂子和小顺子，大家是一条心，一条命！他们不会出卖我！”就看四人问，"是不是？"

四个人异口同声，有力地回答：

"是！"

小燕子又继续交代：

"紫薇和金琐，名义上是我的宫女，那是没办法的事，因为我要她们进宫，只能这样安排，你们给我咬紧牙关，不要胡说八道，知道吗？如果有刀搁在你们脖子上，逼你们说，那怎么样？"

四个人都抬头挺胸，豪气干云地嚷：

"要头一颗，要命一条！"

紫薇和金琐看傻了……

"既然她们是我的姐妹，那么，是你们的什么？"小燕了再问。

"是主子！"四个人回答。

小燕子笑了起来：

"什么主子？教也教不会！大家是一家人！知道吗？一家人！你们怎么待我，就要怎么待她们两个，谁对她们不礼貌，就是对我不礼貌，知道吗？"

"知道了！"大家又高声回答。

小邓子眼光在紫薇和金琐脸上看来看去，恍然大悟，说：

"这就是那两位'天仙'姑娘嘛！咱们都明白了，上次在茅屋前面，格格要咱们找的那两个天仙，就是她们。

没想到，'天仙'也来漱芳斋！咱们的'家'，就越来越大了！"

"说得好！小邓子有赏！"小燕子兴高采烈。

四人就赶快上前，对紫薇、金琐拜了下去。

"奴才、奴婢叩见天仙姑娘！"

紫薇慌忙拉起明月，金琐就拉起彩霞。

"千万不要这样称呼，更不能对我们拜来拜去！"

紫薇急忙说："我是紫薇，那是金琐，以后，大家都称呼名字，免得让别人疑心！"回头对金琐说，"金琐！咱们带来的东西呢？"

金琐打开一个随身的小包袱，紫薇拿了两件首饰、两个钱袋，过来分给四人。

"一点见面礼，请大家收了！"

金琐笑着对四人说：

"别小看那个钱袋，是咱们小姐亲手做的，这些首饰，也是小姐自己戴过的东西！既然在这漱芳斋里，不用避讳，那么，我就得告诉你们，紫薇名义上是我的结拜姐妹，事实上，是我的主子！"

四人拿着礼物，又惊又喜，看到紫薇气度不凡，不禁油然生敬。但是，对于这两人的身份，实在头昏脑涨了。

小邓子不管他三七二十一，又拜了下去：

"谢紫薇姑娘赏赐！谢金琐姑娘赏赐！"

其他三人立即依样画葫芦地拜了下去，喊着：

"谢紫薇姑娘赏赐！谢金琐姑娘赏赐！"

小燕子对紫薇一笑说：

"没办法，慢慢再来教他们！这主子奴才，小姐丫头……别说他们会糊涂，连我都糊涂了。"

那天晚上，在漱芳斋，有一场"宴会"。

小燕子一定要给紫薇和金琐接风，命令小邓子、小卓子、明月、彩霞全体参加，反正漱芳斋没有"主子奴婢"那一套，大家都是"一家人"。

小燕子兴致勃勃，不管三七二十一，拉着七个人"聚餐"，几杯酒一下肚，就得意忘形了，面颊红红的，握着酒壶，为每一个人斟酒，兴高采烈地喊：

"喝呀！大家尽兴一点，好好地喝一杯！我今天太高兴了，高兴得快要昏掉了！自从进宫以来，今天是我最高兴的一天，紫薇！喝酒喝酒，不要怕！我们已经把院子门、房门都锁起来了，别人进不来！"

小邓子、小卓子、明月、彩霞虽然和小燕子同桌，却怕得要命，不住回头观望。

紫薇和金琐也很不安，时时刻刻望向门口。紫薇见小燕子已有醉意，便拉拉小燕子的衣袖，警告地说：

"格格！你收敛一点，听说，你这个漱芳斋，皇上随时会来，你喝得醉醺醺，万一给皇上撞见，岂不是又要遭殃吗？"

小邓子立刻站起身来，害怕地说：

"紫薇姑娘说得对，我看，我还是去门口守着吧！有人来，我也可以通报一声！"

小燕子笃定地说：

"坐下坐下！不要扫兴嘛！皇阿玛今天不会来我这儿了！饭前我去请安，皇阿玛说，今晚要和兆惠将军吃饭！兆惠将军不知道从什么'姜'回来，皇阿玛好忙，要跟他谈'边姜'大事！所以，他们那儿'面店生姜'，咱们这儿我就可以花雕陈绍了！来呀！"欢喜地一口干了杯中酒，大叫，"紫薇！为了庆祝我们的团圆，喝吧！今天不醉的人是小狗！"金琐连忙站起身来：

"好了，小姐，你就和格格痛痛快快地喝酒吧！你不喝，她不会安心的！我来做小狗，帮你们守门。"

"我来做小狗吧！我守门！"小邓子忙说。"我也做小狗吧！"小卓子跟着说。

"我看，我跟大家一起做小狗！"明月说。

"那……我也要做小狗！"彩霞也说。

小燕子生气，跳起来大叫：

"你们不要气死我好不好？哪有抢着当'小狗'的道理？我要那么多小狗干什么？来来来，大家勇敢一点，高兴一点，起劲一点！天塌下来，有我撑着！"

说着，就近抓住彩霞，就端起酒杯，往她嘴里灌去：

"再不喝，算你'抗旨'！"

彩霞不得已，咕嘟咕嘟喝下酒。

小燕子再端着一杯酒，双手捧着，走到紫薇面前，说：

"这杯酒，我要敬你！这些日子，我让你受尽委屈，让你伤心，让你难过，还差一点永远见不到你，我的罪过，堆得比山还高！今天，我就借这一杯酒跟你诚心诚意地道歉！如果你真的原谅了我，就干了这一杯吧！"

紫薇听小燕子说得真诚，叹了口气，举起杯子豪气地说：

"好了！千言万语，尽在不言中！我干了！"就一口喝干了杯子。

小燕子快乐极了，简直要乘风飞去了，对大家喊：

"都来干一杯吧！小邓子，小卓子，明月，彩霞……你们一个也不要逃，为了'还珠格格'，大家干一杯！为了我们大家的脑袋，再干一杯！但愿'格格'不死，'脑袋'不掉！"

四人一听，这杯酒关系大家的"脑袋"，就通通举杯了，大声地喊：

"祝'格格不死、脑袋不掉'。"七个酒杯，重重碰上。

这样一干杯，大家就都松懈下来，你一杯，我一杯，逐渐放任地喝了起来，一会儿之后，桌上已经杯盘狼藉。再过一会儿，七个人全部喝得醉醺醺。小卓子趴在桌上睡着了，小邓子满屋子行走，嘴里念念有词，不知道在说什么。明月搂着彩霞，两人低低地唱着歌。

金琐拼命维持清醒，睁大眼睛看着小燕子和紫薇。

小燕子已经大醉，抱着紫薇，一面诉说，一面掉泪：

"我算什么嘛？义气没义气，勇气没勇气……说穿了，我就是一个骗子嘛！以前骗吃的骗喝的，还说得过去，骗你的爹，就应该被雷劈死，被闪电打死……我坏嘛，黑心嘛……连自己的结拜妹妹我都骗，我会下地狱的……"

紫薇搂着小燕子，像个慈母般拍着，帮她擦泪，安慰着：

"嘘！不要说了！玉皇大帝和阎王老爷都好忙，世界上太多的是是非非、对对错错、好好坏坏……他们管都管不了！轮不着你！嘘……别哭。我保证你不会下地狱，有我守着你呢！有我看着你呢！"

金琐看得好感动，不住地吸鼻子。

就在此时，窗子外咯噔一响。

小邓子蓦然收住脚步，对着窗子大叫：

"什么人？"便冲到窗前去，一开窗子。

窗外，一条黑影，晃了一晃。小邓子大喊：

"窗外有人！"

小燕子直跳起来，酒醒了一半，泪痕未干，就冲到窗前，嘴里大吼：

"是哪条道上的人，报上名来！"

窗外的黑影，一闪而过。

“你逃？你往哪里逃，你不知道你姑奶奶叫作‘小燕子’。”小燕子叫着，便施展轻功，向窗外蹿去。

谁知，小燕子不胜酒力。这一蹿，竟然将脑袋在窗棂上撞得砰然一响，身子便重重地跌落在地，嘴里不禁“哎哟哎哟”叫出声。

紫薇、金琐、明月、彩霞、小邓子全部围过来看小燕子。

紫薇抱着小燕子的头，拼命揉着：

“不得了！撞出一个大包了，怎么办？”转头急喊，“金琐！那个‘跌打损伤膏’有没有带来？”

“好像没有耶！”

“药膏？我这儿有一大堆，皇上说格格容易受伤，留了各种药膏。五阿哥又送了一大堆来，我去拿来！”明月说，就奔去拿药。

小燕子一挺身，从紫薇怀里坐起来，气呼呼地，还要对窗外冲去，嘴里怒骂：

“哪个王八蛋，在外面鬼鬼祟祟？有种！你给我出来！”说着，就摇摇晃晃地，又要施展轻功，往窗外蹿。

紫薇慌忙一把抱住了小燕子：

“算了算了，你站都站不稳，怎么追人吗？”

“人已经跑了，追也追不上了。”金琐也说。

小燕子仍然跳着脚骂：

“会武功？会武功有什么了不起？半夜三更来偷看，

看什么看，欺负我这儿没高手是不是？赶明儿我把柳青、柳红也弄进宫来，看你们还能逃到哪里去！气死我了！"

一场宴会，就被这门外的黑影给匆匆地结束了。

紫薇进宫的第一天，也就这样结束了。

第
十
五
章

　　尔康自从紫薇进宫，就害起相思病来。心里七上八下，总是怀疑自己的主意拿错了，一天到晚，魂不守舍。虽然，永琪和尔泰都说，小燕子这两天很乖，宫里也没有出什么状况，可是，他就是不能安心，也不能放心。早也想紫薇，晚也想紫薇。这天，他再也按捺不住了，就不管合不合适、得不得体，拉着永琪、尔泰，一起来到漱芳斋，探视紫薇。

　　紫薇看到他们，又惊又喜又紧张，问：

　　"你们三个人，就这样闯来了？给人看到有关系没有？"

　　"五阿哥是阿哥！在宫里走来走去，当然没关系，我跟五阿哥是一道的，也没关系！就是尔康没事往宫里跑，有点问题！"尔泰说。

"那……尔康，你还不赶快离开！不要让人发现了！"紫薇着急地说。

尔康盯着紫薇看，眼里，盛载着千言万语：

"已经冒险进来了，你就不要担心害怕了！就算有人看到，说是陪伴五阿哥，过来办事，也就搪塞了。总之，皇上没出宫，我在宫里陪着，也还说得过去！"他上上下下地看紫薇，好像已经分别了几百年似的，"你怎样？好吗？有进展吗？"

"我才进来几天，谈什么进展呢？除了第一天匆匆忙忙地见了皇上一面，到现在根本就没有再见到过他！"

"大家长话短说，说完了就走！咱们三个这样出现在漱芳斋，实在有点引人注意！"永琪说，看着小燕子的额头，"怎么肿个大包？又跟人动手了吗？"

一句话提醒了小燕子，就急急地说：

"你们三个臭皮匠，赶快再想个办法，给我找几个武功高手来。要不然，你们去找柳青、柳红，把他们弄进宫里来，做我的侍卫！"

永琪睁大眼睛：

"你这真是异想天开！刚刚把紫薇、金琐弄进来，已经好不容易，你还想把柳青、柳红弄进来！"

"等到柳青、柳红进来之后，你大概就想把什么小豆子、小虎子、宝丫头……通通弄进来，你预备把整个大杂院搬进皇宫，是不是？"尔泰问。

"可是！我这漱芳斋晚上会闹贼！半夜三更，还有夜行人来偷看！我的武功，越来越退步，翻个窗子，都会撞到头！"

"那是因为你喝醉了！"紫薇说。

尔康、永琪、尔泰大惊。

"有人偷看，什么人？你们有没有注意？小邓子、小卓子他们怎么不在外面守卫？"

金琐给每个人倒了茶过来，说：

"小邓子、小卓子都喝醉了！那晚，小燕子一定要给我们接风，大家都醉了！"

三个男人全部变色。

尔康就往前一迈，对小燕子急促地、命令地说：

"你不要太任性了，不管心里怎么高兴，都不可以全体的人喝醉酒，你好歹要让小邓子、小卓子保持清醒……不不！不止小邓子、小卓子，你们谁都不可以喝醉！这个宫廷之中，敌人到处都是！防不胜防！你们两个都有任务在身，不是进宫来玩的！这大局一天不定，你们两个都有危险！怎么一点警戒心都没有呢？"

"好了好了！你别训我，人，总有忍不住的时候嘛！你还不是一样，明知道跑到漱芳斋来不妥当，你还不是进来了？"小燕子不高兴地说。

尔康一怔，尔泰便急急地把尔康推到紫薇身前。

"小燕子说得有理！你有话快说，如果要我们回避，我们大家就回避！"

紫薇脸一红，还没说什么，忽然，外面传来小顺子和小桂子的急呼：

"皇后娘娘驾到！"

接着，是小邓子和小卓子的急呼：

"皇后娘娘驾到！"

接着，又是明月、彩霞的急呼：

"皇后娘娘驾到！"

室内众人，全部吓了一大跳，还来不及交换任何讯息，皇后已经大步走入，后面跟着容嬷嬷、宫女、赛威、赛广和太监一大群人。

一屋子人赶快行礼的行礼，请安的请安。紫薇和金琐急忙匍匐于地，喊着：

"奴婢紫薇、金琐叩见皇后娘娘。恭祝娘娘千岁千千岁！"

皇后的头，高高地昂着，眼光威严而凌厉地环室一扫，挑了挑眉毛说：

"小燕子！你这漱芳斋可真热闹，外面奴才站了一院子，里面主子站了一屋子！五阿哥和福家两位少爷都在，真是盛会！哟，这儿还有两张生面孔，想必就是令妃娘娘赐给你的宫女了！"就看着紫薇、金琐，命令地说，"抬起头来给我瞧瞧！"

紫薇、金琐就抬起头来。

皇后来，就是冲着紫薇和金琐来的。听说漱芳斋又来了新的宫女，而且是"令妃赏赐"，心里就是一肚子气，又有一肚子的怀疑。一个不学无术的小燕子，到底需要多少奴才？令妃和小燕子，到底在搞些什么把戏？她有意要看看两个新人，是何方神圣？所以，当紫薇和金琐抬头，她就认真地、仔细地看二人，好像要在两人的脸上挖掘出什么秘密似的。好标致的丫头！皇后看得纳闷，满屋子的人也被皇后的眼光，弄得惴惴不安起来。

"你刚刚说你叫什么名字？"皇后问紫薇。

"紫薇，就是紫薇花那个紫薇！"紫薇战战兢兢地回答，难免紧张。

皇后下巴一抬，可逮着机会了，就大喊：

"容嬷嬷！给我教训她！居然不说'奴婢'，简直反了！"

容嬷嬷立刻上前，劈手给了紫薇重重的一耳光。

满屋的人全部惊跳起来，尔康几乎冲了出去，被尔泰机警地一把抓住。可是，尔泰顾到了尔康，就没顾到小燕子，小燕子直冲上前，大嚷：

"容嬷嬷！你敢！"容嬷嬷旧恨新仇一起算，得意地说：

"我帮皇后娘娘教训奴才！有什么不敢？"

皇后厉声说：

"容嬷嬷！再教训她！"

"遵命！"

容嬷嬷大声应着，竟左右开弓，对着紫薇的脸熟练而迅速地连续开打。

尔康又气又急又心痛，脸色都白了，浑身发抖。

尔泰死命拉住他，对他制止地摇头，他眼睁睁地看着紫薇挨打，竟然一筹莫展。

金琐还不知道宫里的规矩和厉害，急喊了一声，什么都顾不得了，扑上去，用身子挡着紫薇，喊：

"打我！打我！我来代替她受罚！"

"容嬷嬷，两个一起打！"皇后怒喊。容嬷嬷便抓着金琐的头发，一阵噼里啪啦，耳光清脆地响着。

"谁敢打她们！容嬷嬷！我要你的命……"

小燕子嘴里喊着，身子就箭一般往前冲去，赛威、赛广一拦，她就像撞到了铜墙铁壁，震开好几步。

小燕子大怒，飞扑上去，动手就打，赛威一伸手，小燕子哪是对手，被赛威一摞，身子像断线的风筝一般飞跌出去。永琪再也忍不住了，飞身一跃，接住小燕子，气得脸色发青，大吼：

"反了吗？敢对格格动手！"同一时间，尔康也什么都顾不得了，挣开了尔泰，他飞蹿上前，左打赛威、右打赛广，一阵连环踢，把赛威、赛广踹了开去。赛威、赛广见是尔康，不敢还手，被打得毫无招架之力。尔康一面打，一面怒喊：

"赛威、赛广！你们好歹是我的手下，不要命了吗？谁敢再动手，我把他交到大内监牢去！"

赛威、赛广被吓住了，镇住了，连连后退。

皇后走到尔康面前，昂着头说：

"福大人，你是不是要把我也送到大内监牢去？"

尔康吸了口气，面色惨然地躬身说：

"臣不敢！请皇后娘娘看在五阿哥的面子上，再闹下去谁都不好看，请手下留情！"

永琪也急忙往前，说：

"皇额娘！这漱芳斋是皇阿玛最喜欢的地方，皇额娘不看僧面看佛面，手下留情！"

"留什么情？这还珠格格有圣旨，可以不守规矩，难道奴才也有吗？我就教训了她们，你们预备怎样？"

皇后回头喊："翠环、佩玉……你们也上去！帮容嬷嬷教训这两个丫头！"

宫女便应着"喳"，上前帮容嬷嬷，分别抓住紫薇、金琐，容嬷嬷扬起手来，又要对两人打去。

尔康飞快地冲过去，人已经切入容嬷嬷和紫薇之间，伸手一挥一舞，两个宫女飞跌出去。容嬷嬷眼睛一花，已经被震倒在地。一时之间，"哎哟哎哟"之声不断，屋子里摔的摔，跌的跌，乱成一团。

皇后气得快疯了，怒喊：

"赛威！赛广！你们是死人吗？"

尔泰和永琪对看一眼，见闹成这样，就都豁出去了。两人同时迈步，一个拦住赛威，一个拦住赛广。

永琪就高高地昂着头，语气铿然地说道：

"皇额娘！儿臣斗胆，请皇额娘高抬贵手！今天，儿臣在漱芳斋，就不允许任何人在这儿动手！如果要动手，无论是谁，都得先把我撂倒再说！"

永琪气势凛然，不可侵犯。容嬷嬷、宫女、赛威、赛广全都被震慑住了。

皇后气得脸色铁青，话都说不出来。

紫薇见场面弄得如此不可收拾，心惊胆战，又怕连累到尔康、尔泰和永琪，急得五内如焚，便膝行到皇后面前，磕下头去。

"皇后娘娘请息怒，奴婢罪该万死，让娘娘生气！奴婢甘愿受罚，请娘娘饶恕大家！"说完，就自己掌嘴。金琐大惊，也爬行过来，哭着说：

"皇后娘娘！请罚金琐，饶了紫薇！"说着，也自己掌嘴。

这时，小邓子、小卓子、小顺子、小桂子、明月、彩霞全都进来，跪了一地。

"皇后娘娘！奴才们愿意代她们两个受罚！"六个人便噼里啪啦，自打耳光。

皇后看着跪了一地的奴才，如此护着紫薇、金琐，心中实在震撼，见大家纷纷自打耳光，总算面子有了，就乘机下台，说：

"好了！不用打了！"

大家停手。

皇后扫了尔康、尔泰和永琪一眼，眼神阴沉而凌厉，义正词严地说：

"国有国法，家有家规！今天我管奴才，用的是'家规'！这整个皇宫，还没听说过，我不能教训奴才！今天看在五阿哥面上，我就算了！大家也都收敛一点吧，这漱芳斋是宫闱重地，不是酒楼！身为阿哥和臣子，也该自己有分寸！"

"皇额娘教训得是！"永琪忍气吞声说。

"谨遵皇后娘娘教诲！"尔泰也应着。

唯有尔康，脸色苍白，咬牙切齿，一语不发。

皇后就一挥手说：

"容嬷嬷！咱们走！"

皇后带着众人，昂着头，威风凛凛地走了。

皇后一走，大家就纷纷从地上跳了起来。明月和彩霞，急急忙忙端了一盆水来，绞了帕子，来给紫薇和金琐敷脸。小燕子也来帮忙，一面给紫薇敷脸，一面说：

"拿冷帕子这样冰着，比较不疼，而且可以消肿，明月彩霞她们都有经验，我帮你弄！"

紫薇推开小燕子忙碌的手：

"算了！算了！没有关系！"她着急地看着尔康等三

人，"你们怎么还不走？"

尔康窜上前去，拉着紫薇就向外走。

"走！我们一起走！我这个猪脑袋想出来的笨主意！我恨不得把自己给杀了！走！我们这就出宫去，什么都不要了！天涯海角，难道还没有我们两个容身之地吗？"

"尔康！你理智一点！"永琪一拦。

"我不要理智！我就是太理智了，才会把紫薇和金琐陷入困境，我要把她们救出去！我什么都不管了！"尔康红着眼说。

尔泰跺脚，拦住尔康：

"哥！你不要碰到紫薇的事，就阵脚大乱！你什么都不管，你怎么能什么都不管，阿玛跟额娘你要不要管？五阿哥你要不要管？小燕子你要不要管？令妃娘娘你要不要管？"

紫薇死命挣脱了尔康，眼泪滚了下来：

"我不跟你走！我好不容易进宫来了，好不容易见着了皇上。你现在用一百二十匹马来拖我，也没办法把我拖出宫去！"眼泪汪汪地看着尔康，"你快走，不要管我了，我不痛，真的！挨两下打，没有关系！我以后会很小心，不会说错话！"

"你还不了解吗？皇后想打的不是你，是小燕子！她不敢打小燕子，就打你！你无论怎么讲话，她都可以挑你的错！"尔康喊。

“那也阻止不了我要留下的决心！”紫薇哀求地看着尔康，“我才进来几天，什么状况都没摸清楚，要见的人，要说的话，要做的事……一件都没有完成。你要我现在放弃，死也不甘！你那么了解我，才把我送进来，怎么不成全我呢？”

小燕子气得胃都痛了，用手揉着胃，手里拿着湿帕子，满屋子乱转。

“尔康！你不要婆婆妈妈了，今天的仇，我记下了！总有一天，我会跟她们算总账！你尽管把紫薇交给我，我来保护她！”小燕子气冲冲地叫。

“就是交给你，我才心惊胆战！你连自己都保护不了，怎么保护她？”

永琪对大家喊：

“大家都冷静一下好不好？”

大家安静了片刻，永琪就对尔康正色说：

“不要再说带走紫薇的话，人，是你额娘送进来的，要带走，也得让你额娘来带！现在这样走，等于全盘皆输，你服吗？”

尔康冷静下来了，深思着。永琪急急地说：

“不要感情用事了！棋，已经走到这一步，没办法后悔了！现在，最重要的，还是眼前的事！皇后看到我们三个在这儿，已经满肚子怀疑了，又闹得这么严重。紫薇和金琐虽然吃了亏，她也吃了亏！她会甘休吗？刚刚，已经对我们话里藏刀，现在，会不会跑到皇上面前去说一些不干不净的话？咱们在宫内这样大打出手，对方又是皇后，可是犯了大忌啊！一个'忤逆'罪，大家就吃不了兜着走！"

紫薇一听，更是心惊胆战：

"那要怎么办？"

小燕子往门外就跑：

"我先去跟皇阿玛告状！就说皇后娘娘来我这儿杀人放火！打我的人，安心要我活不成！"

尔康一把拉住小燕子，被永琪点醒了，理智也恢复了：

"你不要毛毛躁躁，这样不行！"想了想，点头说，"不是你去！应该我们三个去！"

乾隆正在御书房批奏章，永琪、尔康、尔泰三个，气急败坏地进来了。

永琪一进门就急切地嚷着：

"皇阿玛！儿臣先跟您请罪！刚刚咱们三个，大闹漱芳斋，跟赛威、赛广动了手，气走了皇额娘……"

乾隆惊愕极了。

"永琪，你慢一点，到底是怎么回事？尔康！你讲！"

尔康就急急禀告：

"皇上！刚刚我们三人，正和还珠格格研究边疆问题，皇后娘娘忽然带着容嬷嬷、侍卫、宫女……浩浩荡荡到了漱芳斋，才说了两句话，皇后娘娘就命令容嬷嬷打人，是臣一时按捺不住，没有时间深思熟虑，唯恐还珠格格吃亏，只有下手维护！"

乾隆大震：

"怎么？皇后又去漱芳斋找小燕子的麻烦了？小燕子挨打了吗？"

"打的不是格格，是令妃娘娘赏赐的两个宫女！可是，格格气得发狂了，完全失去理智了……"尔泰说。

"朕听得糊里糊涂，到底是怎么回事？"

永琪就急如星火地喊：

"皇阿玛！事情经过，让儿臣再慢慢禀告！总之，就是容嬷嬷打了新来的紫薇、金琐，皇阿玛也知道，小燕子那个脾气，是最重义气、最爱护奴才的！打她还好，打了她手下的人，比打她还严重！她一气，就无法控制了！现在，正在漱芳斋发疯呢……""发疯，什么叫发疯？"乾隆大惊，跳起身子，"朕自己去看！"

乾隆带着尔康他们三个赶到的时候，看到的是一个惊人的场面。

只见一条白绫，高高地挂在屋檐上，下面凳子叠凳子，架得好高。小燕子爬在凳子顶端，正要把头往白绫圈圈里套去。脸上，一脸惨烈，嘴里，激烈地喊着：

"士可杀不可辱！被人这样欺负，不如死掉算了！"

凳子下面，小桂子、小卓子、小顺子、小邓子全部吓得魂飞魄散，绕着凳子尖叫。大家各喊各的，吼声震天：

"格格！不可以！千万不可以！格格冷静呀，命只有一条呀……"明月和彩霞吓得发抖，跪在地上磕头，哭喊：

"格格！下来呀！求求您下来吧！"

"格格，我给您磕头！您要保重呀，这种玩笑开不得呀！"

紫薇、金琐抬头，仰望着高高在上、摇摇欲坠的小燕子，也不禁心惊胆战。紫薇哀求地喊着：

"你下来吧！不要这样嘛！我看起来好可怕！"

"小心小心啊……不要把头伸进去呀……一伸进去就真的完了！"金琐也喊。

大家各喊各的，一片混乱。小燕子却怒喊不停：

"你们谁都别劝我，士可杀不可辱！我气死了，不要活了……"

小燕子一面尖叫，一面眼观六路。

乾隆急急地冲了进来，小燕子的声音立刻高了八度："紫薇！我死了，你帮我收尸，带我回济南，葬到我娘的坟边，给我立一块墓碑，上面写'还珠格格冤死之墓'……我走了！大家再见！"

乾隆一见这等景象，惊得目瞪口呆，急喊：

"小燕子！你这是干什么？你下来！这是圣旨！"

小燕子悲声喊：

"皇阿玛，小燕子跟您永别了！那个……士可杀不可辱，小燕子变成鬼，还是会孝敬您的！"

小燕子说完，眼睛一闭，头伸进白绫圈圈，脚下一踢，凳子乒乒乓乓摔倒。

底下众人的声音吼成一片，有的叫"格格"，有的叫"小燕子"，有的叫天，有的叫地，有的叫菩萨。

"尔康！永琪！你们还不上去救她……"乾隆大喊。

谁知，那白绫的结根本是虚打的，哪里套得住小燕子，乍然松开。

乾隆话未说完，小燕子却从空中直溜溜地掉下来了，正好掉在乾隆脚前。

乾隆惊愕，眼睛从上面移到下面，瞪着小燕子。

小燕子一跃而起，嘴里怒骂着：

"什么都跟我作对，连个白绫都跟我作对！"

小燕子一面喊，一面捞起白绫，奔到另一根屋檐下，搬凳子，架凳子，跃上凳子，抛白绫，打结……

乾隆看出苗头不大对，怒喊：

"小燕子！你在胡闹什么？"就对尔康等人一瞪眼，"你们由着她胡闹吗？赶快把她给捉下来！"

"臣遵旨！"

尔康和尔泰便飞跃上去，把小燕子拉下了地。

乾隆往小燕了面前一站，生气地瞪着她：

"你这是怎么了？你到底有完没完？你要气死朕吗？只有那些没教养的小女子，才闹这出'一哭二闹三上吊'！你什么不好学，居然学这个！一点出息都没有！"

小燕子往乾隆面前一跪，说：

"我本来就是'没教养的小女子'，改也改不好！皇后想尽办法要杀了我，我帮她处理了，让您少费心！"

"你跟皇后又怎么了？她打了你两个宫女，又没打你，你也要气成这样？"

这一下，小燕子不是做戏了，真情流露，痛喊出声：

"皇阿玛！宫女也是人，宫女也有爹有娘，爹会疼，娘会爱呀！她的娘虽然死了，她还有爹……她的亲爹如果知道她被人打成这样，一定会心痛死的！"

说着，爬起身子，把紫薇拉到乾隆面前来："紫薇，抬起头来，让皇阿玛看看你的脸！"

紫薇万万料不到小燕子会这样把她拉到乾隆面前，跪在那儿，又是激动，又是伤心，再加上脸上有伤，心里更是难过，觉得不能给乾隆一个最完美的印象，所以，抬着头，两行热泪，就沿颊滚落。

尔康、尔泰、永琪都没有料到小燕子这一招，三人十分震动与期待地观望着。

金琐更是激动，目不转睛地看着这父女的相会。

紫薇磕下头去，声音颤抖着：

"奴婢紫薇叩见皇上！"再抬头痴痴看着乾隆。

乾隆见紫薇眼中，盛满千言万语，两颊肿胀，热泪双行，说不出来地楚楚动人，不禁一怔，没来由地被深深撼动了。

“你是紫……紫什么？”乾隆怔怔地问。

“奴婢名叫紫薇，奴婢出生在紫薇花盛开的季节，所以取名叫紫薇。”

“嗯，好名字！挺容易记的。”低头看看紫薇的脸，“让她们给你擦点药！”

乾隆这样一点点关心，已经让紫薇感动得一塌糊涂，哽咽说：

“有皇上这样一句话，不用上药了！奴……奴婢谢皇上恩典！”

乾隆心中一热，有股奇异的悸动，就柔声说：

“宫里规矩多，受点委屈，也是难免。皇后的脾气不好，打你们两下，只好认了！平常，要劝着格格，不要在火上浇油，知道吗？”

紫薇柔顺地答道：

“奴……奴婢知道。皇后教训奴婢，也是奴婢的福气，不敢抱怨，不敢委屈。格格厚爱奴婢，才引起这样一场大乱，奴婢知罪了！以后，一定劝着格格，不再和皇后娘娘冲突！”

乾隆忍不住仔细看紫薇：

“嗯！脑筋清楚，是个懂事的……怪不得格格宠你！”便振作了一下，说，“你们都起来吧！”

小燕子看了紫薇一眼，起身。

紫薇再磕了三个头，也起身。

乾隆就正视着小燕子，说：

"好了！事情过去了，你不许再胡闹了！以后，皇后找你麻烦，你也机灵一点，不要硬碰硬，嘴巴甜一点，态度好一点，能够'化戾气为祥和'，不是皆大欢喜吗？你是聪明孩子，怎么不懂呢？"

小燕子一听，大惊失色，抗议地大声说：

"皇阿玛！你不要太狠心！那个'力气'怎么能化成'糨糊'呢？我每次见到皇后娘娘，就要倒霉，不是这儿伤，就是那儿痛，再把'力气'化成'糨糊'，我就升天了！"

尔康、尔泰、永琪你看我，我看你，拼命憋着笑，快要憋死了。

紫薇脸上泪痕未干，眼中已闪着笑意。

乾隆怔了怔，又好气又好笑，抬眼去看永琪：

"永琪，你跟小燕子常在一起，朕要问问你，她是不是每次说话都这样颠三倒四？朕说东，她说西，朕说上天，她说下地，但是接嘴接得个快，也不知道她是真的还是假的？她跟你们在一起的时候，也是这样吗？"

"回皇阿玛，我们跟小燕子说话的时候，会迁就她的语言！"永琪忍笑回答。

"原来如此！"乾隆笑笑，点点头，看看小燕子，忽然回头，对三人瞪圆了眼睛，"那么，是谁教她说'士可杀不可辱'这句话的？这不是她的语言吧！"

三人一呆，面面相觑。没想到演了半天戏，栽在一句台词上！

"还不快说实话！"乾隆喊。

尔康一叹，上前说：

"皇上圣明！什么都瞒不过皇上。"

乾隆对几个人看来看去，明白了：

"好！你们气走了皇后，跟她的人动手，还恶人先告状，把朕引到这儿来看小燕子演戏，是不是？"

永琪对乾隆心服口服，坦白地说了：

"皇阿玛别生气，如果我们不告状，皇额娘一定先告状，而且会说得很难听，我们走投无路，别无选择！"

"皇上！这都是臣出的主意，请不要怪罪五阿哥！"尔康急忙请罪。

"皇上英明！这都是我的主意，跟五阿哥和尔康没有关系！"尔泰抢着说。

小燕子挺身而出：

"皇阿玛！不是的！他们都是要保护我，所有坏点子，当然是我出的！一人做事一人当！我才不要他们帮我担罪名！"

乾隆呆了呆，看着大家，瞪大眼睛，骂着说：

"你们串通一气，联手做戏！这样大胆！这样放肆！连朕都敢骗！不怕朕摘了你们的脑袋吗？但是……哈哈！"再想想，忍不住大笑了，"你们演得这么逼真，这么卖力，大概也是情迫无奈吧！看在两个宫女受伤的分上，朕只好'化力气为糨糊'，就饶了你们这一次！但是，下不为例！"

小燕子扑通跪落地，高喊：

"皇阿玛万岁万万岁！"

一屋子的人便全体跪落地，齐声喊：

"皇上万岁万万岁！"

乾隆被大家喊得心里热烘烘，可是，觉得小燕子实在太过分了，就对小燕子严厉地说：

"你不要以为对朕喊句万岁万万岁，朕就会不罚你！你这样又上吊又发疯地乱闹，让大家陪着你撒谎，简直无法无天！朕看你的学问一点进步也没有，坏点子倒有一大堆！书房也白去了！朕罚你把《礼运大同篇》写一百遍！三天之内，交给朕看！而且要把它讲解出来给朕听！如果你做不到，朕会再打你二十大板！君无戏言！"

小燕子脸色惨变：

"皇阿玛！您不是说饶了我们吗？"

"别人能饶，你不能饶！你'化力气为糨糊'，绝不能饶！"

"但是……但是，这个'搬运大桶什么篇'是什么东西？"

"三天之后，你告诉朕，那是什么东西！"

小燕子呆了。

紫薇看着这个明察秋毫又恩威并用的乾隆，不禁又是佩服，又是景仰，又是崇拜，又是依恋……各种复杂的情绪，把她那颗充满孺慕之情的心，涨得满满的了。

第十六章

接下来的三天，小燕子、紫薇、尔康、尔泰、永琪全部都在赶工，抄写《礼运大同篇》。乾隆的"一百遍"，把大家忙坏了。连金琐、明月、彩霞这些会写字的丫头，都被抓来帮忙。深更半夜，漱芳斋灯火通明，人人在写"礼运大同篇"。

可是，这些丫头写得实在太糟了。紫薇检查大家的成绩，真是不忍卒睹。

"明月，你不用写了！"紫薇叹口气。

"阿弥陀佛！"明月喊。

"彩霞，你也不用写了！"紫薇又说。

"谢天谢地！"彩霞喊。

"金琐，我看，你也算了！不用写了！"

"我去给你们做消夜！包饺子去！"金琐如获大赦，

逃之夭夭了。

小燕子立刻停笔，满脸期待地看着紫薇说：

"你看我写的这个，大概也过不了关。我觉得，我也不用写了！"

紫薇拿起小燕子那张"鬼画符"，认真地看了看。

"不行！随便你写得多烂，你得写下去！皇上只要看了我们的字，就知道你有帮手！他会问你，哪一张是你写的！你非多写一点不可，你的'真迹'越多，过关的希望就越大！赶快振作一点！写！写！写！"

"啊？非写不可啊？"小燕子脸拉得比马还长。

"非写不可！"

"这个'鱼家瓢虫'怎么那么多笔画？"

"什么'鱼家瓢虫'？"紫薇听得一头雾水，伸头一看，不禁叫了起来，"那是'鳏寡孤独'！我的天啊！"

"你别叫天了！这些字，我认得的没几个！是谁那么无聊，写这些莫名其妙的话，让人伤脑筋，做苦工！写这个一百遍，能当饭吃吗？能长肉吗？能治病吗？真是奇怪！"小燕子说着说着，一不小心，一大团墨点掉在纸上，"哎呀！这怎么办？"

紫薇看看，把那张拿过来，撕了。

"喂喂！我写了好半天的！"小燕子急抢。

"弄脏了，就只有重写。"再拿起小燕子写的另一张，看看，又撕了。

"你怎么把我写的都撕了呢？我一直写，你一直撕，我写到明年，也写不了一百张！"小燕子大急。

"那张实在写得太难看，皇上看了一定会生气，只有重写！"说着，又看一张。

"你别撕！你别撕……"小燕子紧张兮兮地喊。

话没说完，紫薇又撕掉了。

小燕子大为生气，嚷着：

"你怎么回事嘛？你的字漂亮，我的字就是丑嘛！你拼命撕，我还是丑丑丑！"

"你丑丑丑，你就得写写写！你快一点吧，再不写，就来不及了！"

小燕子一气，伸脚对桌子踢去，嘴里大骂：

"什么玩意嘛！哎哟！"没料到，踢到桌脚，踢翻了趾甲盖，痛得跳了起来。

"你怎么啦？"

小燕子苦着脸，抱着脚，满屋子跳。

小燕子交卷的时候，脚还是一跛一跛的。

"皇阿玛！我来交卷了！"

乾隆抬头，惊愕地看着小燕子：

"你的脚怎么啦？"

"我好惨啊！"小燕子哀声地说，"早知道，给您打二十大板算了！毕竟，二十大板噼里啪啦一下子就打完了，只有一个地方会痛！这个字，我写了三天三夜，写得手痛头痛眼睛痛背痛，最糟糕的还是脚痛，痛得不得了！痛成这样子，还是写得乱七八糟，我管保，您看了还是会生气！"

"你写字，怎么会写到脚痛的呢？"乾隆惊讶极了。

"因为一直写不好，紫薇说。这张也不能通过，那张也不能通过，拼命叫我重写，我一生气，用力踹了桌子一下，没想到，桌子那么硬！把脚指甲都踹翻了！"

乾隆瞪着小燕子，见小燕子说得凄凄凉凉、诚诚恳恳，真是啼笑皆非。

"拿来！给朕看看！"乾隆伸手。

小燕子便做贼心虚地，胆怯地把作业呈上。

乾隆一张张地翻看着。只见那一张一张"礼运大同篇"，有各种各样的字体。有的娟秀，有的挺拔，有的潇洒，有的工整……只是，最多的是"力透纸背，墨汁淋漓，忽大忽小，不知所云"的那种。

乾隆心里有数，越看，脸色越沉重。

小燕子看着乾隆的表情，就知道不妙，一副准备被宰割的样子。

"你有多少人帮忙？老实告诉朕！"乾隆头也不抬地问。

"能帮忙的，都帮忙了！可以说是'全体总动员'了！尔康、尔泰、永琪都有。连明月、彩霞、金琐都被抓来帮忙。可是，她们写得实在太烂，紫薇说不能用！"

小燕子倒答得坦白。

"哪些是你写的？"

"不像字的那些，就是我写的！像字的，漂亮的，干净的……都不是我写的！"

乾隆抬眼盯着小燕子：

"你倒爽快！答得坦白！"

"皇阿玛那么聪明，我遮掩也没用！紫薇说，只要皇阿玛一看，就知道我有帮手，逃都逃不掉，叫我不要撒谎！"

"哦？你不只有帮手，原来你还有军师！"乾隆看到一沓作业中，屡屡出现一种特别娟秀的字迹，不禁注意起来，抽出那张，问，"这是谁写的？"

"紫薇！"

乾隆一愣，仔细地看看那张字，沉吟：

"就是那天被打的紫薇？"

"是！"

乾隆有点诧异，但，随即搁下，抬头严肃地看小燕子，声音蓦地抬高了：

"为什么找人代写？朕说过你可以找人帮忙吗？"

"可是……可是……您也没说不可以啊！您要我写这个一百遍，我觉得还不如打二十大板来得干脆！"小燕子鼓足勇气说。

"好！现在你告诉朕，你写了这么多遍，它到底在说什么？”

小燕子深呼吸了一下，在肚子里默念了几遍，正色说："这《礼运大同篇》，是孔子对这个社会的一种理想境界，它的意思是说，天下是大家的，只要选出好的官员，大家和和气气，每个人能把别人的父母当成自己的父母，别人的儿女当成自己的儿女，让老人啦、孩子啦、孤儿寡妇都有人照顾！不要贪财，不要自私，那么，我们睡觉的时候可以不要关门，阴谋诡计都没有了，土匪强盗也都没有了！这个世界就完美了！"一口气说完，吸口气，看着乾隆。

乾隆简直不相信自己的耳朵，瞪大眼睛看着小燕子，惊奇不已：

"是谁教你的？纪师傅吗？"

"是紫薇啦！"小燕子笑了，"她说，讲得太复杂，我也记不清楚，这样就可以了！"

乾隆惊愕，这已是小燕子第五次提到"紫薇"的名字，他不能不注意了：

"这个紫薇，她念过书啊？"

"当然啊！念书，作诗，写字，画画，弹琴，唱歌，下棋……她什么都会，就是不会武功！"小燕子两眼发光，真心真意地、崇拜地说。

乾隆听到有这样的女子，感到非常好奇。可是，小燕子的话，不能深信。他想了想，对小燕子瞪瞪眼睛。

“好了！算你运气！字虽然写得乱七八糟，讲解得还不错，朕就饶了你！以后，你再胡闹，朕还会罚你写字！下次罚的时候，不许有人帮忙，全部要你自己来！”

小燕子呆了呆，叹了一口长气：

“这下我完了！希望孔老先生不要再折腾我，少说点话，少写点文章，使小燕子手也不痛，头也不痛，眼耳口鼻都不痛，是谓大同！”

“你在叽里咕噜，念什么经？”

“回皇阿玛！没有念经，只因为写了太多遍《礼运大同篇》，说话都有一点‘礼运大同式’！夜里睡觉，梦里都是‘天理这公’‘是谓大同’！”

乾隆失笑了，觉得终于找到治小燕子的办法了，心里不禁十分得意。

乾隆真正注意紫薇，还是因为皇后的缘故，皇后对于漱芳斋，似乎兴趣大得很。对于管教小燕子，似乎兴趣更是大得很。在乾隆面前，说东说西，每次都带着火气。

“皇上！这个小燕子，如果您再不管教，一定会出大事的！”

“你跟小燕子的冲突，真是永不结束啊！这宫里嫔妃那么多，每个都称赞小燕子，为什么你一定要跟她作对呢？”乾隆皱眉。

“我不是和她作对，而是必须让后宫干干净净！”

“干干净净？这是什么意思？”

“皇上！您难道没有听到，宫女们，嫔妃们，都在窃窃私语吗？”

“私语什么？”乾隆困惑。

“大家都说，小燕子和五阿哥之间，有些暧昧！”

乾隆一震，这句话听进去了，眼神立刻注意起来。

“怎么会有这种不堪入耳的话传出来？是谁在造谣言？”

皇后深深凝视乾隆：

“恐怕不是谣言吧！臣妾那天，目睹五阿哥、尔康、尔泰都在漱芳斋，一屋子男男女女，毫不避嫌！听说，那漱芳斋夜夜笙歌，常常主子奴才醉成一片！”

“有这等事？”乾隆心中，浮起了阴影。

“臣妾绝对不敢造谣！想这后宫，本来就是臣妾的责任！如果出了什么不名誉的事，会让整个皇室蒙羞！皇上不能不察！”

“朕知道了！”乾隆不耐地说。

皇后还想说什么，乾隆一拦：

“朕知道你为了后宫的清誉，非常操劳！朕劝你也休息休息，不要太累了！有些事，只要不伤大雅，让它去吧！像是前几天，你在漱芳斋，教训了两个奴才！其实，奴才犯错，要打要骂，都没什么关系，可是，那两个丫头，偏偏是令妃赏赐给小燕子的！你这样一打，岂不是又挑明了和令妃不对吗？"

皇后一听，才知道小燕子已经先告了状。而乾隆却一面倒地偏向小燕子，不禁怒不可遏：

"原来皇上都知道了！那么，皇上也知道尔康、尔泰和五阿哥动手的事了！"

"不错，朕都知道了！朕已经告诫过永琪和福家兄弟，也惩罚过小燕子了！这件事，就到此为止！朕想，小燕子心无城府，虽然行为有些离谱，心地却光明磊落！后宫那些三姑六婆，一天到晚无所事事，就喜欢搬弄是非！你听在耳里，放在心里，也不必太认真了！"

皇后气坏了，张口结舌。

乾隆看看她，想想，又说：

"朕也知道，尔康、尔泰和永琪，情同手足，这是永琪的福气！他们和小燕子感情好，又是小燕子的福气！朕不愿用很多教条、很多无中生有的罪名，把这种福气给打断了！小燕子的操守，朕信得过！永琪，朕也信得过！至于尔康、尔泰，更是百里挑一的人才！

"小燕子真和他们走得近，朕便把她指给他们兄弟之一！不过，朕还想多留小燕子两年，所以，走着瞧吧！"

皇后忍无可忍地抬高了声音："皇上！您如此偏袒，只怕后宫之中，会被他们弄得乌烟瘴气！来日大祸，恐怕就逃不掉了！"

乾隆大怒，一拍桌子：

"放肆！你会不会讲一点好听的！"

"自古忠言逆耳！这个小燕子来历不明、粗俗不堪！没有一个地方像皇上，明明是个假'格格'，整个故事，大概都有高人在幕后捏造导演！皇上，您如此英明，怎么偏偏对这件事，执迷不悟呢？"皇后越说，声音越大。

乾隆怒极，脸色铁青，重重地一甩袖子，喝道：

"住口！朕不要再听你的'忠言'了！'幕后高人'，你是指谁？令妃吗？你心胸狭窄，含血喷人，还跟朕说什么'忠言逆耳'！你身为皇后，既不能容忍其他妃嫔，又不能容忍小燕子，连五阿哥和尔康、尔泰，你也怀着猜忌！什么叫高贵典雅、与世无争，你都不知道吗？你太让朕失望了！"

皇后被骂得踉跄一退，抬头看着乾隆，又气又委屈又感到侮辱，脸色惨白，知道再说什么，乾隆都听不进去，只得跪安，匆匆离去了。

乾隆用几句话，堵了皇后的口，可是，自己心里，却不能不疑惑。尤其那句：

"听说，那漱芳斋夜夜笙歌，常常主子奴才，醉成一片！"

所以，这晚，夜色已深。乾隆批完了奏章，想了想，回头喊：

"小路子，你给朕打个灯笼，不要惊动任何人，朕要去漱芳斋走走！"

"嗻！要多叫几个人跟着吗？要传令妃娘娘吗？"

"不用！就这样去！到了漱芳斋，也别通报，知道吗？"

"嗻！"

夜静更深，万籁俱寂。漱芳斋的大厅里，几盏灯火，透着幽柔光线，一炉熏香，飘飘袅袅，氤氤氲氲的缭绕着一室檀香味。紫薇正在抚琴而歌。歌声缠缠绵绵，凄凄凉凉，穿过夜空，轻轻地荡漾在夜色里。

乾隆只带着一个人，悄悄来到漱芳斋。

果然，隐隐有歌声传出。

乾隆神色一凛，眉头微皱。

漱芳斋的大厅里，紫薇浑然不觉，正唱得出神，金琐在一边侍候着，小燕子在打瞌睡。其他的太监宫女，都早已睡了。

金琐推推小燕子，低声说："大家都睡了，你也去睡觉吧！我陪着她！"

"我不困！我喜欢听她唱！"小燕子朦朦胧胧地说。

紫薇唱得哀怨苍凉：

山也迢迢，水也迢迢，山水迢迢路遥遥。

盼过昨宵，又盼今朝，盼来盼去魂也消！

梦也渺渺，人也渺渺，天若有情天也老！

歌不成歌，调不成调，风雨潇潇愁多少？

漱芳斋外，乾隆被这样凄婉的歌声深深地吸引了，不禁伫立静听。

紫薇唱得专注，乾隆听得专注。紫薇唱得神往，乾隆听得神往。紫薇唱得凄凉，乾隆听得凄凉。紫薇唱得缠绵，乾隆听得震动。

紫薇唱完，心事重重，幽幽一叹。

窗外，也传来一叹。

小燕子睡意全消，像箭一般快，跳起身子，直射门外，嘴里大嚷着：

"你是人是鬼？给我滚出来！半夜三更，在我窗子外面叹什么气？上次没抓到你，这次再也不会放过你了！滚出来！"

小燕子"砰"的一声，撞在乾隆身上。

乾隆一伸手，就抓着小燕子的衣领。小燕子暗暗吃惊，没料到对方功夫这么好，自己连施展的余地都没有。她看也没看，就大骂：

"你是哪条道上的？报上名来！敢惹你姑奶奶，你不要命了……"

乾隆冷冷地开了口：

"朕的名字，需要报吗？"

小燕子大惊，抬眼一看，吓得魂飞魄散。

"朕是哪条道上的，你看清楚了吗？"乾隆再问。

小燕子扑通一跪，大喊：

"皇阿玛！这半夜三更，您老人家怎么来了？"

紫薇的琴，戛然而止，抬眼看金琐，不知道是该惊该喜。

片刻以后，乾隆已经坐在一张舒适的椅子里。三个姑娘，忙得不得了，拿靠垫的拿靠垫，端点心的端点心，泡茶的泡茶。乾隆四看，室内安安静静，温温馨馨。几盏纱灯，三个美人，一炉檀香，一张古琴。

这种气氛，这种韵味，乾隆觉得有些醉了。

小燕子跟在乾隆身边，忙东忙西，兴奋得不得了：

"皇阿玛，你怎么一声也不吭，也不让小路子通报一声，就这样站在窗子外面，吓了我一大跳！"

乾隆笑笑，问：

"小邓子他们呢？"

"夜深了，大家都困了，我叫他们都去睡觉了！"小燕子说，"要让他们来侍候吗？"

"不必了！"

紫薇和金琐在忙着泡茶。

乾隆看看桌上的琴，再凝视忙忙碌碌的紫薇：

"刚刚是你在弹琴唱歌吗？"

紫薇一面泡茶，一面回头恭敬地答道：

"是奴婢！"

"好琴艺，好歌喉！"乾隆真心地称赞，再仔细看紫薇。好一个标致的女子！唇不点而红，眉不画而翠，眼如秋水，目若晨星。

紫薇捧了一杯茶，奉上。

"这是西湖的碧螺春，听说皇上南巡时，最爱喝碧螺春，奴婢见漱芳斋有这种茶叶，就给皇上留下了！您试试看，奴婢已经细细地挑选过了，只留了叶心的一片，是最嫩的！"

乾隆意外，深深看紫薇，接过茶，见碧绿清香，心中喜悦，啜了一口。

"好茶！"他盯着紫薇，"刚刚那首歌，你愿意再唱一遍给朕听吗？"

"遵旨！"

紫薇屈了屈膝，就走到桌前，缓缓坐下，拨了拨弦，就扣弦而歌。

乾隆专注地听着，专注地凝视紫薇，这样的歌声，这样的人！依稀仿佛，以前曾经有过相似的画面，这个情景，是多么熟悉、多么亲切啊！

紫薇唱完，对乾隆行礼：

"奴婢献丑了！"

乾隆目不转睛地看紫薇，柔声地问：

"谁教你的琴？谁教你的歌？"

"是我娘……"紫薇警觉到用字不妥，更正道：

"是奴婢的娘，教奴婢的！"

乾隆叹口气：

"怪不得小燕子总是'我'来'我'去，这个'奴婢'这样、'奴婢'那样，确实别扭，现在没外人，问你什么，直接回答吧，不用拘礼了！"

"是！皇上！"

"你娘现在在哪儿？怎么会把你送进宫来当差呢？"

"回皇上，我娘已经去世了！"紫薇黯然地说。

"哦！那歌词，是谁写的？"

"是我娘写的！"

"你娘，是个能诗能文的女子啊！只是，这歌词也太苍凉了！"乾隆感慨地说。

紫薇见乾隆对自己轻言细语，殷殷垂询，心里已经被幸福涨满了。此时，情不自禁，就暗暗地吸了口气，鼓起勇气说：

"我娘，是因为思念我爹，为我爹而写的！"

"哦？你爹怎么了？"乾隆怔了怔。

小燕子在旁边，听得心都跳了。她的爹啊……见了她都不认识啊！

金琐站在一边，眼眶都湿了。她的爹啊……近在眼前啊！

"我爹……"紫薇看小燕子，看金琐，看乾隆。

眼中涌上了泪雾，努力维持声音的平静，依然带着颤音："我爹，在很久很久以前，为了前程，就离开了我娘，一去没消息了！"

乾隆怔忡不已，看着紫薇，不禁怜惜：

"原来，你也是个身世堪怜的孩子！你爹有你娘这样盼着，也是一种福气！后来呢？他回去没有？"

紫薇低声说：

"没有。我娘一直到去世，都没有等到我爹！"

乾隆扼腕长叹：

"可惜啊可惜！所以，古人有诗说，'忽见陌头杨柳色，悔教夫婿觅封侯'！年少夫妻，最禁不起离别！当初，如果不轻言离别，就没有一生的等待了！"

紫薇看着乾隆，情绪复杂，思潮起伏：

"皇上分析得极是！不过，在当时，离别也是一件无可奈何的事，毕竟，谁都没有料到，一别就是一生啊！不过，我娘临终，对我说过儿句话，让我印象深刻……"说着，有些犹豫起来，"皇上大概没有兴趣听这个！"

"不！朕很有兴趣！说吧！"

紫薇凝视乾隆，几乎是一字一泪了：

"我娘说，等了一辈子，恨了一辈子，想了一辈子，怨了一辈子……可是，仍然感激上苍，让她有这个'可等，可恨，可想，可怨'的人！否则，生命会像一口枯井，了无生趣！"

乾隆感动了。对这样的女人，心向往之。

"多么深刻的感情，才能说出这样一番话！你娘这种无悔的深情，连朕都深深感动了！你爹，辜负了一个好女子！"

小燕子眼珠一直骨碌碌地转着，时而看乾隆，时而看紫薇，此时，再也按捺不住，激动地喊了出来：

"皇阿玛！你认为这样的女人是不是太傻了？值得同情吗？我听了就生气，等了一辈子，还感谢上苍，那么，受苦就是活该！女人也太可怜、太没出息了，一天到晚就是等等等！对自己的幸福，都不会争取！"乾隆对小燕子深深地看了一眼：

"朕明白。你也想到你的娘了，是不是？你和紫薇，虽然现在境况不同，当初的遭遇，倒是蛮像的！"

小燕子一呆，紫薇也一呆。两个人都震动着。

乾隆深思地看看窗外，有些怆恻起来：

"身为男子，也有身不由己的地方！男人通常志在四方，心怀远大，受不了拘束。所以，留情容易，守情难！动心容易，痴心难！在江山与美人的选择中，永远有矛盾。男人的心太大，要的东西太多，往往会在最后一刻，放弃了身边的幸福。这个，你们就不懂了！朕说得太远了！"调回眼光，愧疚地看小燕子，怜惜地看紫薇，"好久以来，朕没有跟人这样'谈话'了！能和你们两个，谈到一些内心的问题，实在不容易！"注视紫薇，"紫薇，你这样的才气，当个宫女，未免太委屈你了！"

小燕子冲口而出：

"皇阿玛！你也收她当个'义女'吧！"

乾隆瞪了小燕子一眼：

"你以为收个义女是很简单的事，是不是？说话总是不经过大脑！"

紫薇吓了一跳，生怕小燕子操之过急，破坏了这种难能可贵的温馨，急忙说：

"格格有口无心，皇上千万千万别误会！紫薇能在格格身边，做个宫女，于愿已足！"

小燕子不服气地喊：

"孔子不是说'人不独亲其亲，不独子其子'吗？皇阿玛，你把全天下和我一样遭遇的姑娘，都收进宫来做格格好了！"

乾隆看着小燕子，又惊又喜：

"你居然说得出'人不独亲其亲，不独子其子'这种话！"

"我写了一百遍呀！"

"可见，这个有用，以后再写点别的！"

"皇阿玛，请饶命！"小燕子大叫。

乾隆笑了，紫薇笑了，金琐笑了，室内的气氛好极了……

紫薇看着乾隆，心里涨满了孺慕之情，对乾隆微笑说：

"皇上！您一定饿了吧！我让金琐去厨房给您煮点小米粥来，好不好？想吃什么，您尽管说！金琐还能做点小菜！”

“是吗？”乾隆摸了摸自己的胃，“你不说，朕不觉得，你一说，朕才觉得真有点饿了。”

小燕子急忙说：

“皇阿玛不说，我也不觉得，皇阿玛一说，我也饿了！”

金琐笑着请安：

“我这就去做吃的！”

金琐便兴奋地，匆匆忙忙地奔去了。

于是，乾隆在漱芳斋吃了消夜。

乾隆吃饱，精神又来了，自己也不明白，为什么那么亢奋，看着紫薇说：

“我听小燕子说，你琴棋书画，无一不通。”

“格格就是这样……皇上您知道她的，她就会夸张！”紫薇脸红了。

“我夸张？皇阿玛。你已经看过她的字，听过她的琴……”“朕还没试过她会不会下棋！”

此时，小路子哈腰进门，甩袖一跪，提醒说：

“万岁爷，已经打过三更了！”

乾隆一瞪眼：

“三更又怎的，别拦了朕的兴致！你去外面等着！”

“喳！”

结果，乾隆和紫薇一连下了四盘棋。

　　第一盘，乾隆赢了，可是，只赢了半颗子。乾隆的棋力是相当好的，他简直有些不信。第二盘，乾隆又赢了，赢了一子半。第三盘，乾隆再度赢了，赢了一子。

　　乾隆兴趣盎然，瞪着不疾不徐的紫薇：

　　"这样下棋，你不是很累吗？"

　　"跟皇上下棋，一点都不累！"紫薇慌忙应道。

　　"怎么不累，你又要下棋，又要用心思，想尽办法让朕赢！你这样一心两用，怎么不累？可是……朕觉得很奇怪，你故意输棋，朕不奇怪，朕奇怪的是，你用什么方法，输得不着痕迹，而且就输那么一子半子的？"

　　紫薇的脸孔，蓦然绯红，佩服无比地喊：

　　"皇上！我哪有故意输棋，是您的棋下得好，您有意试我的高低，故意下得忽好忽坏、声东击西、弄得我手忙脚乱、应接不暇，哪里还能顾得到输几子！我拼命想，别输得太难看就好了！"

　　乾隆大笑了：

　　"哈哈！看来，我们都没有全心在下棋！现在！朕命令你，好好地使出全力，跟朕下一盘！不许故意输给朕，听到没有？"

　　"听到了！"

　　两人又开始下棋。这样一下，就下到天亮。最后一盘，两人缠斗不休，乾隆数度陷入思考。等到一盘下完，已经是早朝的时候了。数完子，乾隆输了，也只输了一颗子。乾隆大笑，推开棋子，站起身来：

"你赢了！好好好！朕终于碰到一个敢赢朕的人！"注视紫薇，心服口服，"你这个围棋，也是你娘教你的吗？"

"我娘会一点，我有一个教我念书的顾师傅，教了我几年！我娘把我像儿子一样栽培！"

乾隆兴致高昂：

"这棋逢敌手，酒遇知音，都是人生乐事！紫薇，朕改天再来和你下！"

这时，小邓子、小卓子、明月、彩霞进门，一见到乾隆，全体跪落地，惊喊：

"皇上吉祥！"

乾隆见到四人，这才一惊：

"什么时辰了？"

"已经卯时了！"

紫薇惊呼：

"皇上！别误了早朝！"便回头喊，"金琐，打水来！小邓子、小卓子，快去皇上寝宫拿朝服来！明月、彩霞，拿水来漱口！"

立刻，房里人人忙乱。

小邓子奔到门口，和令妃娘娘撞了个满怀。一屋子人，纷纷行礼，喊："令妃娘娘吉祥！"

令妃进门，看到乾隆，呼出一大口气：

“皇上！可把臣妾吓坏了，到漱芳斋来，怎么也不说一声，奴才们快把整个皇宫都翻过来了！”

“是朕的疏忽，和紫薇下棋下得忘了时间，怎么一晃眼，就到这个时辰了？朕的朝服……”

“臣妾带来了！”善解人意的令妃，急急把朝服捧上。

紫薇绞了帕子，给乾隆擦脸，又倒了水来，给乾隆漱口。看到朝服，就本能地接过，令妃早就一步上前，两人帮皇上更衣。

一阵忙忙乱乱，乾隆总算弄整齐了，出门去。令妃率众跟随。

紫薇、小燕子、金琐追到门口，屈膝喊道：

“皇阿玛好走！”

“奴婢恭送皇上！”

乾隆走了几步，又情不自禁地回头，再深深地看了紫薇一眼，这才带着众人，浩浩荡荡地去了。

　　紫薇和乾隆，居然有这么好的开始，大家都高兴得不得了，小燕子真是兴奋极了，每天都高兴得手舞足蹈。这天，她要带紫薇去"景阳宫"看五阿哥。和紫薇研究了半天，决定"正大光明"地去。

　　于是，小燕子穿着一身红色的格格装，紫薇穿着一身绿色的宫女装，两人都装扮得十分美丽，昂头挺胸地走在前面。后面紧跟着金琐、明月、彩霞、小邓子、小卓子，一行人非常惹眼，浩浩荡荡地往景阳宫走去。她们一路走，身前身后，一直有太监伸头伸脑地窥探着，紫薇拉拉小燕子的衣服，小燕子就发现了，仔细再一看，容嬷嬷居然站在假山后面，全神贯注地看着她们。

　　小燕子就不动声色，大声地说：

　　"紫薇，我现在带你去五阿哥那儿走走，五阿哥在兄弟姐妹里，跟我最谈得来！奇怪的是，我每次去看五阿哥，总有一些莫名其妙的人，在我后面伸脑袋。你瞧，那儿就有一个！"

小燕子一面说着，就突然飞蹿到一根柱子后面，捉出一个太监，撂倒在地，对那小太监大吼一声：

"谁要你来跟踪我的？说！"

小太监吓得魂飞魄散，跪在地上大拜特拜：

"格格饶命！没有人要奴才跟踪您，是奴才正穿过花园，要去坤宁宫办事……"

小燕子一脚就踩在太监的胸口：

"你说不说？说不说？"

紫薇拉拉小燕子的衣袖，慢条斯理地说：

"格格不要生气！上次你把那个侍卫踩到吐血，你忘了你脚力大，别闹出人命来！"

"那我可管不着！他不说，我就踩死他！"小燕子说着，用力一踩。

小太监吓得浑身发抖，尖叫起来：

"格格！高抬贵脚呀！冤枉啊！高抬贵脚啊！"

"我这个'贵脚'抬不起来了！你再不说，我要把你的五脏都踩出来！"

小燕子再一用力，小太监尖叫出声了：

"是容嬷嬷！容嬷嬷！"就对着容嬷嬷的藏身处大喊，"容嬷嬷救命啊！"

容嬷嬷一见情况不对闪身要溜，谁知，一个人影一闪，已经拦住了她。容嬷嬷定睛一看，原来是永琪。

"容嬷嬷！站住！"永琪大喝一声。

容嬷嬷吓了一跳，只得站住。永琪就厉声说：

"这宫中规矩，你是知道还是不知道？"

容嬷嬷维持着骄傲，说：

"奴婢不知道五阿哥是什么意思？"

永琪气势凌人地一吼：

"什么意思？这'格格'大，还是你大？"

"当然'格格'大！"

小燕子可逮着机会了，大喊：

"放肆！说话居然不用'奴婢'，反了！金琐！给我教训她！"

"啊？格格……"金琐愣住了。

"金琐，你不知道怎么教训，是吗？就是上去给她几巴掌，就像她上次给你的！"小燕子喊着，气势汹汹。

金琐眨巴着眼睛，讷讷地说：

"格格……奴婢不会这个！"

小燕子没辙，又喊：

"明月！你去教训她！"

明月一惊：

"格格……奴婢不敢！"

小燕子跌脚大叹：

“真没出息！你们不敢教训她？那么，我亲自教训她！”

小燕子说着，已经飞身上前，“啪”的一声，就给了容嬷嬷一耳光。

容嬷嬷一直是皇后面前的红人，哪里受过这样的侮辱，又惊又怒。可是，面前的人，一个是格格，一个是阿哥，她只能忍气吞声，动也不敢动。

“这一耳光，是当初你打我，我没加利息，就这样打还给你！现在，紫薇和金琐的账，我再和你一起算！”小燕子嚷着，举起手来，还要继续开打。

斜刺里，赛威匆匆赶至，飞身而上，拦住了小燕子。

“格格请息怒！容嬷嬷是皇后娘娘身边的人，又是老嬷嬷，格格手下留情！”

小燕子见是赛威，就停住手，喊：

“赛威！你武功好、身手好，我把你看成一个好汉！为什么好汉不做好事，老是跟我作对？”

“奴才不敢！”赛威看着小燕子，诚恳地说，“奴才是奴才，上面有主子，主子是主子，主子有命，奴才从命！对主子不忠，就不是好汉了！”

小燕子呆了呆，听得头昏脑涨：

“什么主子奴才，我头都给你绕昏了，不过，好像你有你的道理……”就抬高声音，“那么，你不预备让开了！是不是？”赛威躬身行礼，说：

“请格格息怒！”

小燕子背脊一挺，怒喊：

“我今天一定要打容嬷嬷，如果你不肯让，你就得把我撂倒，你要忠于你的主子，你就动手吧！”说着，往前一迈步，气势凛然，赛威不得不往后一退。

永琪就义正词严地大声喊：

“赛威！你只要碰格格一下，你就是‘以下犯上’，罪无可赦！你想想清楚！摸摸你脖子上有几颗脑袋？哪有奴才拦格格的路？你也反了吗？”

容嬷嬷到这个时候，才知道情况严重，眼见很多太监宫女都围过来，生怕当众吃亏，下不了台，便屈服急呼着：

“格格息怒，奴婢知罪了，奴婢不敢了！”

紫薇见容嬷嬷年迈，一脸的委屈惊恐，心中不忍，就走上前来，对小燕子说：

“格格！大人不计小人过，你就饶了容嬷嬷吧！就像这位勇士说的，容嬷嬷上面有主子，主子有命，奴才从命！生为奴婢，也有许多身不由己！容嬷嬷虽然是奴婢，在宫中多年，也算是长辈了！不是‘人不独亲其亲’吗？您就得饶人处且饶人吧！”

小燕子对紫薇惊问：

“紫薇！你居然帮她说话？你忘了她怎么欺负你？怎么打得你脸都肿了？这正是报仇的时候，你不要报吗？”

"格格，我宁可不报！"

小燕子愣了一下，这样放过容嬷嬷，心有不甘，就说：

"那……还有金琐的账！"

金琐急忙往前一步，说：

"格格，我和紫薇一样！她不报，我也不用报了！"

小燕子跺脚：

"我这个漱芳斋全是一些没出息的人！只会同情别人，不会保护自己！"就抬头看永琪，"五阿哥，你怎么说？"

永琪就往容嬷嬷面前一站，正气凛然地说：

"容嬷嬷！今天，我和还珠格格就放你一马！我们饶你，不是因为赛威挡在前面，赛威功夫再好，不能和主子动手！你心里也明白这个道理！今天饶你，是因为你这把年纪，这个辈分，真要挨打，你的面子往哪儿搁？看在你四十年的工作上，我们放了你！你自己也想想清楚，和我作对，和格格作对，你值得吗？你够分量吗？我们尚且顾全你的面子，你呢？"

容嬷嬷脸色铁青，此时此刻，不得不低头，就忍辱地说：

"谢五阿哥不罚之恩！谢还珠格格不罚之恩！谨遵五阿哥和格格的教训，奴婢知错了！"她仍然维持着尊严，只屈了屈膝。

小燕子怒叫：

"跪下！"

容嬷嬷不得不双膝落地，脸色惨白。

小燕子就声色俱厉地喊：

"容嬷嬷！不要以为你不会落单，不会栽跟头！夜路走多了，总会遇到鬼！今天，五阿哥说放你，紫薇说放你，金琐说放你，我就放了你！我现在清清楚楚地告诉你，我要到五阿哥那儿去坐坐！你不用再跟踪我了！你回去告诉你的主子，我们漱芳斋所有的人，都在五阿哥那儿串门子，皇后娘娘没事做，也可以来参加！那些偷偷摸摸的事，你就给我免了吧！"

小燕子说完，掉头看紫薇：

"紫薇，我们走！"

小燕子就高昂着头，和永琪、紫薇向前走去。

金琐、明月、彩霞、小邓子、小卓子一群人跟随，个个都感到痛快极了，对容嬷嬷胜利地注视，大家昂首阔步，趾高气扬。

容嬷嬷像个被斗败了的公鸡，跪在那儿，灰头土脸，咬牙切齿。

教训了容嬷嬷，小燕子好得意，和紫薇走进永琪的书房，尔康、尔泰早已等在那儿了。小燕子一看到尔康兄弟，就兴奋地大嚷：

"我们刚刚碰到容嬷嬷，我和五阿哥把她狠狠地教训了一顿，总算出了半口气，报了半箭之仇！"

“什么叫半口气、半箭之仇？”尔泰问。

“本来，我可以狠狠地给她几耳光，在所有的太监宫女面前，打得她脸蛋开花，那才算是出了一口气、报了一箭之仇！都是紫薇拦着我，五阿哥又说什么她那把年纪，要给她留点面子，所以，我只好手下留情了！结果，只出了半口气！只报了半箭之仇！”

尔康吓了一跳，急得跺脚，说：

“为什么要逞一时之快？小不忍则乱大谋啊！”

“什么‘快不快，小人大猫’的？”小燕子瞪圆眼睛。

永琪义愤填膺地说：

“没办法忍了，我赞成小燕子的做法，总要让容嬷嬷知道一下厉害！一个格格加一个阿哥，还收拾不了这个老刁奴，也太不像话了！”

尔康着急，看着紫薇，他已经好多日子没见到紫薇了。

“那么，你们这样一闹，待会儿皇后又会找来了，大家还有机会说话吗？”

小燕子就把紫薇推到尔康身前，急急地说：

“所以，你们有话快说！我们去门外帮你们两个守门，只要听到我们咳嗽什么的，你们两个就知道有人来了！”就回头喊，“五阿哥！尔泰！我们回避一下！”

紫薇脸一红，说：

“不要这样嘛，大家一起说话嘛……”

小燕子偏着脑袋看看紫薇，喊着：

"那你的'悄悄话'怎么告诉他？"

紫薇脸更红了：

"我哪有'悄悄话'嘛！"

小燕子就偏着脑袋看尔康：

"那……尔康的'悄悄话'怎么告诉你？"

"谁说……他有'悄悄话'嘛！"紫薇哼着。

小燕子看看紫薇，又看看尔康：

"都没有'悄悄话'？好奇怪！那我就不走喽，你们不要后悔啊！"

尔康只好笑着上前，对小燕子一揖到底。尔泰就笑着喊：

"小燕子，不要耽误他们两个的时间了！走走走！"

小燕子这才嘻嘻哈哈笑着，跟尔泰、永琪跑出门去了。

房里剩下了紫薇和尔康。

两人深深注视，尔康就激动地握住了紫薇的手：

"我都听说了！皇上跟你下了一夜的围棋？"

紫薇兴奋地点点头，眼睛发光。

尔康凝视紫薇，又惊又喜地说：

"你从来没有告诉过我，你会下围棋！你还有多少事情是我不知道的？你简直是深藏不露啊！"

紫薇谈到乾隆，就兴奋起来，好多话要告诉尔康：

"我现在终于知道，我娘为什么为他付出了一生，临终还要我来找他！他是个好有深度、好有气度、好有风度的人，我崇拜他！想到他是我爹，我就充满了幸福感！当他几次三番问到我娘的时候，我的声音都激动得发抖，如果不是为了小燕子，我真想把一切都告诉他！"

尔康眩惑地看着紫薇，分享着紫薇的喜悦，也有着无数的担心：

"我就知道，你的光芒遮也遮不住，藏也藏不住！不过，我没想到这么快，你就进入情况了！我真是一则以喜，一则以忧，喜的是你这么争气，忧的是这深宫之中，危机重重，生怕皇上对你的喜爱，会变成你的另一个危机！紫薇，你真的要小心啊！"

"我知道！你放心，我会拼命保护自己和小燕子的！"

尔康就热切地、渴望地、上上下下地看她，低声问：

"想我吗？"

紫薇头一低：

"不想！"

"有没有悄悄话要告诉我？"尔康再问。

紫薇头更低了，轻声说：

"有一句。""是什么？"

紫薇就在他耳边，吹气如兰，低低说：

"那句'不想'是假的！"

尔康一个激动，就把她拥入怀中。

紫薇依偎着他，两人片刻温存，毕竟有所顾忌，就轻轻分开了。紫薇想了想，说：

"有件事一直搁在心上，希望你帮我办一下！"

"什么事？"

"柳青和柳红那儿，我大概暂时没办法过去了！上次他们把我藏在小茅屋，给你们找到了，接着带进宫，连喘气的机会都没有，我对他们兄妹好抱歉，该给他们一个交代的！你可不可以去看看他们？那个大杂院里的人，你也要时时刻刻去照顾一下！"

尔康凝视紫薇，真的，那个柳青、柳红和大杂院里的老老小小，是个大大的隐忧，不能不解决了。他郑重地点头：

"是！我知道了！"

尔康第二天就去了大杂院，交给柳青一个钱袋，郑重地说：

"这是小燕子和紫薇托我交给你的！里面有五十两银子，她们暂时无法照顾大家，希望你和柳红，帮大伙儿搬一个地方住！"

柳青锐利地盯着尔康：

"你是说，要我把大杂院里二十几口人，都给疏散了？"

尔康也锐利地盯着柳青：

"不错！给老人找个可以安养的地方，给孩子们找个家，如果找不到，这些钱可以盖一个！但是，必须离开这个大杂院，而且，越早越好！走得越远越好！”

柳青抓起钱袋，往怀里一揣，简短地说：

“我们换一个地方说话！”

两人来到郊外，站在一个山岗上，四顾无人，柳青才正色地问：

“你是不是预备告诉我，小燕子和紫薇到底是怎么回事？”

尔康摇头：

“不，我不预备告诉你！你知道得越少，对你越好！我只能告诉你一件事，小燕子把紫薇也接进宫里去了，你们那个大杂院，出了两个进宫的姑娘，总有一天，会引起注意，为了大家的安全，我才对你做那样的要求！”

柳青镇静地一笑：

“那么，让我告诉你是怎么回事好了！假格格进了宫，真格格进了府！现在，你又把紫薇送进宫去，想让皇上再认一个！”

尔康大惊失色：

“谁跟你说了这些话？”

柳青一叹，直率地说：

“小燕子在大杂院住了五年，她的事，我哪一件不知道！至于紫薇，自从来到大杂院，心心念念的，就是要找她的爹！她和小燕子每天叽叽咕咕，总有一些蛛丝马迹露出来。等到小燕子和紫薇闯围场，小燕子变成了格格，紫薇居然疯狂到去追游行队伍，然后留在你们的府中，就不回来了！事情一直发展到今天，如果我还看不明白，我就是傻瓜了！"

尔康点点头，对柳青诚挚地说：

"紫薇说你是侠客，碰到困难就找你！小燕子想把你们兄妹弄进宫去当侍卫！她们如此器重你，我想，她们都没有看错你！"

柳青眼光闪了闪，心里就萌生出一份"士为知己者死"的知遇之感来。

"是吗？她们这么说？"

尔康凝视着柳青：

"是！你都分析出来了，我也不瞒你了，小燕子和紫薇，是一个阴错阳差的错误！紫薇才是真正的'还珠格格'。我们现在把紫薇送进宫，是抱着一线希望，希望真相大白，而不会伤害到小燕子！也让紫薇得回她的爹和她应有的身份！"

柳青沉思，许多疑团全部解开了，不禁惊叹：

"一直知道她不简单，原来竟是一个格格！"

"我希望，你会咬紧这个秘密！"

"你把我看成什么人？搬弄口舌的无聊汉吗？"柳青有些生气地说。

"当然不是！我一直欠你一份最深刻的感激！谢谢你

上次帮助紫薇！"

柳青一笑，掉头看尔康：

"你会保护她们两个的，是不是？"

尔康诚挚地回答：

"我会用我的生命来保护她们两个！"

柳青点头，和尔康交换着深沉的注视。

"好！那么，我去保护大杂院里的老老小小！你放心，十天之内，大杂院里的人就都不见了！没有人再会泄露任何秘密！如果她们需要我，你去上次紫薇住的小茅屋，告诉那儿的张老头，就可以找到我！记住，不是只有你，愿意为她们出生入死！"

尔康感动极了：

"紫薇说你是侠客，我认为你是英雄！"

柳青微微一笑，两个男人把所有未竟之言，都心照不宣了。

小燕子有了紫薇做伴，又打了容嬷嬷，真是"志得意满"，快乐得不得了。至于尔康担心的"小人大猫"，她一点都不放在心上。这天心血来潮，带着整个漱芳斋的女性，裁了一大堆的锦缎，在那儿缝制一种奇怪的东西。

紫薇一面缝，一面说："我觉得你做这个有点多余，真用得上吗？"

小燕子拼命点头，说：

"用得上！用得上！我告诉你，等到做好了，我们每个人膝盖上都绑一个！我已经想了好久了，才想到这个主意！这一天到晚下跪，总得把膝盖保护保护！我就不明白，皇阿玛那么聪明的一个人，干吗动不动要人跟他下跪？"

"你绑这么厚两个东西在膝盖上，走路会不会不灵活呢？"紫薇问。

金琐已经做好了一对，就对小燕子说：

"格格！你要不要先试一试看！"

"好！"

小燕子就兴冲冲地坐下，捞起裤管，金琐把"护膝"给她绑上，明月、彩霞都来帮忙。绑好了，金琐说：

"怎么样？膝盖动一动看，如果太厚了，我再把它改薄！"

小燕子把裤管放下，满屋子跳来跳去，得意地哈哈大笑：

"哈哈！好极了！一点都不妨碍走路！"在室内绕了一圈，突然重重地"扑通"一跪，"哈哈，像跪在两团棉花上，可舒服了！这玩意好，我给它取个名字，就叫'跪得容易'，我们漱芳斋每人发一对！大家赶快做，我还要去送礼！五阿哥、尔康、尔泰、小桂子、小顺子、蜡梅、冬雪……简直人人需要！你们想，常常在那个石子地上，说跪就跪，几次都把我跪得青一块、紫一块！"

"你别送礼了！五阿哥他们收到你这样的礼物，不笑死才怪！你教他们戴上这个，我想，他们没有一个人肯戴！"

小燕子瞪大眼：

"为什么？这么好用的东西，为什么不戴？赶明儿，我还要做一个'打得容易'，那么，就不怕挨打了！"

金琐实在忍不住，问：

"你这个'跪得容易'绑在膝盖上就可以了，那个'打得容易'要怎么绑？"

小燕子纳闷起来：

"是啊！说得也是！这有点伤脑筋！"

明月贡献意见：

"格格以后都穿棉裤算了！"

"那不成，"紫薇笑着说，"这个人热天穿棉裤，就不是'打得容易'，是'中暑容易'了！"

大家都笑了起来。室内嘻嘻哈哈，好生热闹。就在一片笑声中，小邓子带着小路子来到。小路子甩袖跪倒，对小燕子说：

"格格！皇上在书房，要格格马上过去！"

小燕子一呆，喊：

"完了！完了！皇阿玛一定又找到什么'好运坏运''大桶小桶'的东西来教训我！看样子。我最该发明的，还是一个'写得容易'！"

小燕子走进御书房，抬眼一看，尔泰、永琪都在，正给她拼命使眼色。除了他们还有一个纪晓岚。她糊里糊涂，心里有点明白，自己又出了什么错。仗着膝盖上绑着"跪得容易"，她对着乾隆就砰地跪倒，说：

"皇阿玛吉祥！"

"起来！"

小燕子心里一阵得意，那个"跪得容易"真好用，膝盖一点都不痛。她站起身来，面对纪晓岚，又"扑通"一跪：

"纪师傅吉祥！"

纪晓岚吓了好大一跳，慌忙伸手扶起小燕子：

"格格请起，为何行此大礼？"

小燕子刚刚起身，又对着乾隆扑通跪倒：

"皇阿玛，我是不是又做错了事？"

乾隆好生纳闷。这孩子怎么被吓成这样，左跪右跪的？

"起来！起来！"

"我就跪着吧，反正'跪得容易'。"小燕子自言自语。

乾隆听不懂，伸手一挥：

"叫你起来就起来，又没罚你，你一直跪着干吗？"

小燕子这才不情不愿地站起身来。

乾隆拿着好多篇文稿，对小燕子说：

"今天，朕跟纪师傅研究你们的功课，朕刚刚看了永琪和尔泰的文章，心里非常安慰！可是，纪师傅把你的功课拿给朕一看，朕就头晕了！"把一张字笺递给小燕子，"这是你作的诗吗？"

小燕子拿过来看了看：

"是！"

"你自己念给朕听听看！"

"最好不要念！"

"叫你念，你就念，什么最好不要念！"

小燕子迫不得已，只好低头念：

"走进一间房，四面都是墙，抬头见老鼠，低头见蟑螂！"

永琪、尔泰彼此互看，拼命要忍住笑。

纪晓岚一脸尴尬。

"你这是什么诗？"乾隆看着小燕子。

"这是很'写实'的啦！我现在住在皇宫里，当然什么都好！可是，我进宫以前住的那个房子，就是这样！那个李白，能够'举头望明月，低头思故乡'，一定是窗子很大，又开着窗户睡觉，才看得到月亮，我那间房，窗子不大，看不到月亮，半夜老鼠会爬到柱子上吱吱叫。至于蟑螂嘛，也是写实。"

"你还敢说是写实！"乾隆大吼一声。

小燕子吓了一跳，慌忙说：

"下次不写实就好了嘛！""这首也是你作的？"乾隆又拿出一张字笺问。

小燕子拿来一看，头大了，点点头。

"念来听听看！"

"可不可以不念？"

"不许不念！"

小燕子只得念：

"门前一只狗，在啃肉骨头。又来一只狗，双双打破头！"

永琪和尔泰拼命忍笑，快憋死了。

纪晓岚也忍俊不禁。

"你这种诗，算是诗吗？你也作得出来？"乾隆瞪着小燕子。

"没办法，师傅说：'你给我作鬼打架也好，狗打架也好，反正一定要作首诗给我！'我想，还是写实一点，'鬼打架'我没看过，狗打架，我看过！所以就写了这首！可是，师傅说我'双双'两个字，用得还不错！"说着，就求救地看纪晓岚。

纪晓岚就急忙说：

"皇上！格格已经进步很多了，她确实在努力学习，偶尔还有很典雅的句子出现，慢慢调教，一定会进步的！"

永琪也上前禀告：

"皇阿玛！小燕子本来字都不认得几个，现在能写两首打油诗，真的已经难能可贵，不要把她逼得太紧，反而让她对文字害怕起来！"

尔泰也上前帮忙：

"皇上，小燕子作诗，已经分得清'五言''七言'，也会押韵了！她起步太晚，有这样的成绩，是师傅的'功劳'、徒弟的'苦劳'了！"

"哼！"乾隆瞪瞪小燕子，啼笑皆非地说，"作出这样的诗来，居然还人人帮你说话！"又抓起第三张字笺，对小燕子说，"你再念这首给朕听听！"

小燕子大大地叹口气，无奈地念：

"昨日作诗无一首，今天作诗泪两行，天天作诗天天瘦，提起笔来唤爹娘！"

"又是一首'写实'诗？"

"是！"

"作诗那么辛苦啊？"

"是！"

"还敢说是！"

"本来就是！如果说'不是'就是'欺君大罪'！"

乾隆一拍桌子，挥舞着那张字笺：

"可是，这就不是'欺君大罪'了吗？是谁帮你写的？从实招来！这首诗虽然努力模仿你的语气和用字，仍然不是你写得出来的！是永琪写的吗？还是尔泰写的？"

永琪和尔泰，慌忙摇头否认。

小燕子见又逃不过，只好招了：

"皇阿玛！这作诗，不是那么容易嘛！我已经很努力地学了，那个'平平仄仄'实在很复杂，什么是'韵'还没弄清楚……"

"你不要跟我东拉西扯，先告诉朕，是谁代笔，朕要一起罚！"乾隆生气。

小燕子一急：

"您罚我就可以了，罚她……"忽然眼睛一亮。

"如果是罚写字，就罚她好了！她不怕写字，写得又快又好！"

乾隆纳闷：

"她是谁?"

"紫薇！"

乾隆震动了。紫薇？又是紫薇！

"这首诗是紫薇写的?"

"是！她说我作诗实在太辛苦了，帮我随便写了两句！"

乾隆眼前，立刻浮起紫薇那清灵如水、欲语还休的眸子。耳边，也萦绕起她那缠绵哀怨的歌声。好聪明的丫头，好动人的丫头，好奇怪的丫头！他不由自主，就出起神来。

尔泰和永琪，又对看一眼，有意外之喜。

乾隆出了半天神，这才回过神来，转眼看纪晓岚。

"晓岚，朕觉得，小燕子必须管得紧一点，她的帮手一大堆，课堂上好几个，家里还有，你不能不防！"

"臣遵旨！"纪晓岚看乾隆，"其实，格格天资聪颖，生性活泼，有格格的长处！在课堂上规规矩矩地上课，对格格是一种虐待，如果能从生活上教育，说不定会收到事半功倍的效果！"

乾隆沉思，就把作业推开，说：

"纪贤卿说得很有道理。好了！功课的事，就让纪师傅去伤脑筋！朕最近想出门走走，微服出巡一趟，视察视察民情。纪贤卿一起去！永琪、尔泰，你们和尔康也一起去！"

"是！"永琪和尔泰兴奋地应着。

"我也一起去！"小燕子急忙喊。

"你是女子，不能去！"

"您'微服出巡'也是要化装的，我装成您的丫头，不就行了吗？"小燕子兴奋极了，哀求地说，"皇阿玛，求求您带我去，我整天闷在宫里，都快要生病了！有我在路上跟您做伴，说说笑笑，不是很好吗？"

"你想去，有个条件！"乾隆盯着小燕子。

"什么条件？"

"把李颀的《古从军行》给背出来！"

"《古从军行》是什么东西？"小燕子自言自语，"不管它是什么东西，我背就是！如果我背出来了，皇阿玛，您可不可以也答应我一件事？"

"你也要讲条件吗？你说！"

"您不能只用一个丫头，让紫薇跟我一起去！"

乾隆想了想，紫薇一起去？路上，有人下棋唱歌，岂不快哉？他爽气地一点头：

"好！让紫薇跟你一起去！"

"皇阿玛万岁万万岁！"小燕子这一乐，非同小可，情不自禁，就欢呼了起来，一面喊着，一面就高兴地一跃，又"扑通"跪下，谢恩："小燕子谢皇阿玛恩典！"

谁知，小燕子这一次动作太大了，这样一跃一跪，两个"跪得容易"就滚了出来，跌落在地。

乾隆惊愕地喊：

"这是什么东西？"

小燕子慌忙抓起护膝，纳闷地说：

"这是'跪得容易'！怎么一跳就掉出来了？简直变成掉得容易了！不行！还得改良！回去再研究！"

尔泰、永琪、纪晓岚全都瞪大了眼睛，个个莫名其妙。

乾隆稀奇极了，困惑极了，喃喃自语：

"跪得容易？"

第
十
八
章

　　就在小燕子被乾隆叫去问功课的时候，宫里的太监头儿高公公，带着一群很有气势的太监，昂首阔步地来到漱芳斋。

　　"皇后娘娘懿旨，宣紫薇去坤宁宫问话！"高公公大声说。紫薇大惊，跳起身子。

　　"皇后娘娘？"

　　"是！快走！"

　　金琐、明月、彩霞全部围了过来，慌成一团。金琐急忙应着：

　　"格格此刻不在，交代大家不得离开漱芳斋，等格格回来，立刻就去！"

　　"是是是！咱们奉命，谁都不许走！"彩霞也跟着说。

　　高公公面无表情：

"皇后娘娘的懿旨，是马上就去！谁敢延误，以'抗旨'论！"

高公公身后，一排太监往前跨了一步。

紫薇看看这个气势，知道逃不过了，挺身而出。

"好！我跟你们去！""我也一起去！"金琐急忙嚷。

"皇后娘娘只叫传紫薇，别人不用去！走吧！不要让娘娘等！"

紫薇给了金琐一个眼光，便被一群太监，押犯人似的押走了。

金琐脸色惨白，回头看明月、彩霞，大喊：

"快去找格格！快去找五阿哥！快去找福少爷啊！"

紫薇怀着一颗忐忑的心，跟着高公公走进坤宁宫。高公公一语不发，埋着头走。紫薇身后，一群太监紧紧跟随。拐弯抹角地走了好长一段路，穿过回廊，穿过后花园，来到一个光线暗暗的房门口。赛威、赛广在门口走来走去，气氛十分诡异。紫薇还没看清楚，忽然觉得有人在身后将她一推，她就跌进一间密室里，房门立刻关上。

紫薇抬头一看，皇后正端坐桌前，容嬷嬷和三个老嬷嬷侍立在侧，室内光线幽暗，气氛阴沉。

紫薇一见皇后，立刻跪落地，磕头说：

"奴婢紫薇叩见皇后娘娘！"

皇后起身，走到紫薇身前，冷冰冰地说：

"抬起头来！"

紫薇被动地抬起头来，胆怯地看着皇后。

"哼！听说你会唱歌，会下棋，还会写字，是不是？"

"回皇后，只是皮毛而已！"

"你的'皮毛'，已经会勾引人了，你的'骨肉'岂不是会把人给吞了？"皇后的声音抬高了。

紫薇大惊，震动极了，忍不住就喊了出来：

"皇后娘娘！"

皇后一拍桌子，厉声问：

"你给我老实招出来，你混进宫来，为了什么？是令妃娘娘训练你的吗？是福伦家养着你的吗？你学了多少东西，让你来勾引皇上？说！"

紫薇惊得目瞪口呆，脸上的血色，全体消失。天啊，这是怎样的误会，但是，自己的来龙去脉，怎么说得清楚呢？她便以头触地，诚挚地喊：

"皇后娘娘，请不要误会，奴婢和令妃娘娘，几乎不认得！奴婢所学，都是奴婢的娘教的，与福大人家里，一点关系都没有！我也绝对绝对没有勾引皇上，我可以指天誓日，那是天理不容的呀！"

皇后绕着紫薇走，上上下下打量紫薇，怒喊：

"长得就是一股狐媚样子，做的都是下流事情，还在这儿狡辩！容嬷嬷、李嬷嬷，给我教训她！"

容嬷嬷就带着三个嬷嬷一起上来，容嬷嬷对着紫薇肚子一踢，其他几个嬷嬷就将紫薇按倒在地，紫薇魂飞魄散，大叫起来：

"皇后娘娘！您冤枉我了！您真的冤枉我了！我跟您发誓，我绝对不是任何人为皇上安排的女人，我不是，不是呀……对皇上而言，我根本是个'零'，是个'不存在'呀……"

"你这个'零'，如果再不说实话，我就让你变成真的'零'！真的'不存在'！"皇后咬牙切齿。

地上，放着一块红布，布上，放着无数的金针。

容嬷嬷就拿起一根金针，猛地插进紫薇的胳臂。

其他嬷嬷，纷纷拿起金针，对着紫薇浑身上下，狠狠刺下去。刺完便收针，随刺随收。紫薇顿时陷入一片针海里，那细细的针，那么有经验地，专门拣身上最敏感的地方下针，似乎每一针都刺进了五脏六腑，痛得她天昏地暗。

"哎哟……娘娘！请不要！请不要……"紫薇喊着，泪落如雨，"我真的没有啊……我对皇上，只有孺慕之思啊……天啊！老天知道，苍天救我……哎哟！"

"你叫天吧！你叫地吧！皇宫这地方，就是叫天不应、叫地不灵的地方！谁教你千方百计地混进来！'孺慕之思'！你居然敢用这四个字？你有什么资格用这四个字？会两句成语，就这样乱用！容嬷嬷！让她抬起头来！"

容嬷嬷便把紫薇的头发，死命地往后一扯。紫薇的头发散开，钗环滚落。容嬷嬷拾起一根发簪，就往紫薇身上戳去。

紫薇痛得天翻地覆，不住口地喊着：

"娘娘！不是的！不是娘娘想的那样呀……"

"容嬷嬷！跟她说说清楚！"

容嬷嬷就拉起紫薇的头，警告地说：

"娘娘没时间跟你耗着，今天，问你什么，你老老实实地回答，咱们就放你一条活路！如果你不说，你这张漂亮脸蛋，就没有了！会弹琴的这些手指，也没有了！你自己想一想吧！"

紫薇在剧烈的痛楚中，突然逼出一股力量，抬头喊："娘娘！我只是一个卑微宫女，死不足惜！可是，我奉娘娘旨意，到这坤宁宫来，是宫女们太监们看着过来的，还珠格格一定会追究我的下落，她的个性，一定闹得天翻地覆，娘娘贵为后宫之首，真要为一个无名小卒，担当杀人之罪吗？"

皇后冷哼了一声：

"嘴巴倒是很厉害！该说的不说，不该说的说上一大堆！容嬷嬷！"

容嬷嬷对着紫薇的腰际，一脚踹去。另外几个嬷嬷，更是扭的扭，掐的掐，戳的戳，刺的刺。

紫薇痛喊：

"容嬷嬷……御花园里，我还帮你说情，你今天一定要对我下这样的狠手吗？大家都是奴才呀！"

容嬷嬷恨恨地说：

"不提御花园，我还会手下留情，提了御花园，我再赏你几下厉害的，你以为我不知道，你和那个还珠格格在演戏吗？欺负了人，还要假扮好心！"

容嬷嬷说着，掐住紫薇腰间的肉，狠狠地一扭。

"现在，告诉我，你和令妃娘娘、福伦家、小燕子，还有五阿哥在图谋什么？说！"皇后厉声问。

紫薇心想，这样的问题，简直说都说不清。她根本不屑于回答，就闭嘴不语。容嬷嬷抓起一把金针，迅速地对紫薇腰际戳下去。这样一戳，紫薇痛得冷汗直流，身子都痉挛起来，再也忍不住，凄厉地大喊出："皇后！别这样待我呀，谁无父母，谁无子女，给您的十二阿哥积点阴德吧！您看！十二阿哥在窗外看着您呢！"

皇后大惊，本能地就冲到窗前，窗外，什么人都没有。皇后大怒，过来，对着紫薇狠狠一踢：

"你死到临头，还在这儿胡说八道！我今天杖毙了你，也不过是打死一个丫头！"

"皇后！您看！十二阿哥真的在窗外看着您呢！"紫薇再喊。

皇后又一惊，本能地再抬头，窗外依然静悄悄。

"容嬷嬷，给她一点厉害的！"皇后怒喊。

容嬷嬷拿了针，对紫薇浑身乱刺。紫薇喊得更加惨烈了：

"皇后！你看！十二阿哥真的在窗外看着您呢！上有天，下有地，种瓜得瓜，种豆得豆啊……"

皇后一凛，被紫薇喊得五心烦躁：

"容嬷嬷！这儿交给你！我没有时间慢慢磨蹭，你帮我问个清楚！"

"是！"容嬷嬷大声应着。

皇后就昂着头，出门去了。

容嬷嬷见皇后一走，就抓起紫薇的手，用一根针，刺进紫薇的指甲缝里去。

"啊……"

紫薇惨叫着，晕过去了。

皇后刚刚回到大厅，小燕子已经带着永琪、尔康、尔泰、金琐等人，冲进门来。

小燕子气急败坏地喊：

"皇后娘娘，你把紫薇带到哪里去了？你要干什么？请你把她还给我吧！"

皇后雍容华贵地站在那儿，身后一排的宫女，一排的太监，十分威武。

"什么事！在我宫里这样大呼小叫？格格，你在漱芳斋里可以不守规矩，到了我这坤宁宫里，希望你维持起码的礼貌！"

小燕子心急如焚，知道人在屋檐下，不得不低头，急急地屈了屈膝：

"皇后娘娘吉祥！听说我房里的紫薇，被您叫来了！如果问完了话，可不可以把她还给我，我屋里有一大堆事要她做！缺了她不行！"

皇后好整以暇，慢条斯理地问：

"哦？紫薇吗？就是那个新来的宫女啊？"

小燕子一股气往上冲，简直按捺不住了，大声说：

"是啊！就是新来的宫女啊，就是被你'教训'过的宫女啊……"

永琪怕小燕子把事情闹僵，急忙一步上前，说：

"皇额娘！还珠格格和这个宫女非常投缘，日常生活，全是这个宫女照顾，如果皇额娘没什么事，就把她放回去吧！"

皇后看着永琪，又看尔康、尔泰，心里更加疑惑。

"一个小小宫女，居然惊动五阿哥和福家少爷，是不是太小题大做了？"

尔康往前一冲，急切之情，已难控制，喘息着说：

"皇后！那丫头虽然事小，还珠格格事大，整个皇宫，几乎都知道，皇后和格格不睦，皇后何必再为一个丫头，再和格格伤和气呢？如果皇后肯放回紫薇，我想，格格会感激涕零的！"

皇后见尔康情急，疑惑中更添疑惑，便冷冷说道：

"谁说那个丫头在我这儿？"

金琐大急，往前面一冲，喊：

"皇后！明明是您派人把她叫来了！我亲眼看到的，亲耳听到的！怎么说不在呢？"

皇后大怒：

"你一个小小宫女，也可以到坤宁宫来撒泼？"回头大喊，"翠环！给我教训她！掌嘴！"

小燕子一个飞身，就拦在金琐前面，厉声喊：

"谁敢打金琐！先来打我！"抬头怒视皇后，"您有什么气，冲着我来好了，要问什么话，您问我！放掉我屋里的人，您今天不把紫薇还给我，我马上去告诉皇阿玛，我不怕把事情闹大，反正我不守规矩已经出了名了！皇后，您也要弄得跟我一样出名吗？"

尔泰急忙推了推小燕子，对皇后躬身，恭恭敬敬说道：

"皇后！为了一个小小的紫薇，实在犯不着如此！"

"皇额娘！这实在是件小事，还是不要惊动皇阿玛比较好！"永琪也说。

"皇后娘娘有什么话要问，大概也问完了，就让还珠格格把人带走吧！"尔康也低声下气了。

皇后满腹疑云，脸上却不动声色。

"你们真是太奇怪了！我叫紫薇来问问话，值得你们一个个脸红脖子粗的？何况，那个紫薇，在我这儿只停留了半盏茶的时间，我就让她回去了！你们都跑到我这儿来吵吵闹闹，有没有回去漱芳斋看看呢？如果不在漱芳斋，在不在令妃娘娘那儿呢？"

"您已经让她回去了？"小燕子一呆。

"是啊！老早就走了！"

尔康掉头看尔泰，尔泰低声说：

"我就说先回去看看，格格已经沉不住气了！"

尔康便甩袖俯身，急道：

"臣等告辞！"

小燕子也不行礼，已经气急败坏对外冲去。

紫薇没有回漱芳斋，没有在令妃娘娘那儿，没有在皇宫任何一个角落。大家找到日落时分，已经断定紫薇陷在坤宁宫，出不来了。

小燕子跌坐在一张椅子里，用手蒙住脸，痛哭失声。

小燕子这一哭，金琐也控制不住了，跟着痛哭。

"我就是应该跟去嘛！我追在后面，喊着要一起去，可是，那些公公拦着我，不许我去，我就应该什么都不管，跟定了她才对！"

尔泰安慰金琐，说：

"你去了，是多一个人失踪，对紫薇一点好处也没有！幸亏你没去！"

"皇阿玛叫我去，我就把紫薇带在身边又怎样？为什么把她一个人留在漱芳斋？尔康，你杀了我吧，我把紫薇弄丢了……”小燕子哭得伤心，“我得去告诉皇阿玛，让皇阿玛帮我做主！”说着，跳起来就往外跑。

永琪把她抓了回来：

“你不要这样激动，商量清楚再行动呀！”

“等你商量清楚了，紫薇就没命了！”

“你认为皇阿玛会为一个宫女，跑去向皇额娘兴师问罪吗？就算他肯去，皇额娘还是咬定人不在坤宁宫，皇阿玛又能怎样？要找皇阿玛，你就要有证据，紫薇确实陷在坤宁宫才行！否则，救不了紫薇，还会逼得皇后‘杀人灭口’！”永琪说。

“杀人灭口！”尔康大震。

“给你这样分析来、分析去，紫薇是死定了嘛！”

小燕了脸色如纸。

尔康忽然往众人面前一站，脸色惨白，意志坚定地说：

“你们听好，天已经黑了，再等半个时辰，等到天黑透了，我要夜探坤宁宫！”

“夜探坤宁宫？”永琪惊喊。

“是！我承认，五阿哥分析得都对！可是，我现在忧心如焚，已经顾不得理智不理智！这样等下去，我会发疯！我必须采取主动！我要弄清楚，紫薇在不在坤宁宫？其实，我们都知道，她一定在，只是不知道在哪间屋子里！好在，坤宁宫不大，我去一间一间搜！只要确定紫薇人在坤宁宫，小燕子就可以理直气壮去找皇上！如果我失手被捕，你们大家，就拼出你们的全力，去求皇上救我和紫薇吧！"

众人目瞪口呆地看着尔康。

"你一个人去夜探坤宁宫，不如我舍命陪君子吧！"尔泰吸了口气。

"要去，不能现在去，要等夜静更深才行！而且你们两个去，不如我们一起去！万一出事，好歹我是阿哥，可以罩在那儿！毕竟，没有人敢把阿哥扣上刺客的帽子！"永琪说。

"那我也一起去，人多好办事！我们看到紫薇，就把她救出来！"小燕子立刻热烈地喊。

永琪对小燕子正色地说：

"如果你真的想帮忙，真的想救紫薇，你就老老实实地待在漱芳斋，什么事都不要做，等我们的消息！否则，我们大家还要照顾你，更加手忙脚乱！"

小燕子心里明白，自己那点儿武功，在高手云集的皇宫内，实在不算什么，为了救紫薇，只好忍耐了。

于是，这天深夜，尔康、尔泰、永琪穿着一身黑衣，蒙着脸，去了坤宁宫。

由于对地形熟悉，三人又都是武功高手，几乎没有碰到什么障碍，就深入了坤宁宫的内院。三人分开，一间一间地探视，探到后院的密室，尔康从屋檐上倒挂在窗口，就看到紫薇了。紫薇蜷缩在地上，像个虾米一般，动也不动。尔康一看到紫薇，顿时热血沸腾，什么都顾不得了，就想穿窗而入。谁知，倏然之间，赛威和赛广飞蹿出来，挥拳就打。

尔康和赛威很快地交换了几招，尔泰和永琪听到打斗声，奔来救援。

五人立刻缠斗起来。赛威、赛广见来者熟悉地形，身手不凡，招数又非常熟悉，心里就有些明白了。赛威并不高喊，低声问：

"来者是谁？是刺客，还是自己人？报上名来！否则，惊动所有侍卫，我就不管了！"

"是好汉，跟我走！"尔康也低语。

赛威、赛广已听出声音，心知有异。五个人迅速地来到一个冷僻的角落。

永琪倏然拉开面巾。

赛威、赛广双膝落地，低喊：

"五阿哥！"

"我特地来找你们两个，问你们一句话，紫薇怎样了？"永琪开门见山地问。

"被容嬷嬷用了刑，已经支持不住了！"

尔康一把扯下面巾：

"我敬重你们两个都是好汉！这坤宁宫竟然做些伤天害理的事，我想，你们两个不会同流合污，也不会自己

人打自己人，我现在要去把紫薇救出来，你们两个，就
当没看见吧！"

"那不成！如果你们要救紫薇，必须把我们两个杀
了！"

尔泰上前，匕首出鞘，一下子抵在赛广喉咙上：

"你以为我们不敢杀你吗？"

"尔泰！不要冲动！"永琪看二人，"你们只有'忠
心'，没有'是非'吗？"

"如果我们只有'忠心'，没有'是非'，在发现你们
的时候，就已经大喊出声，现在，所有大内高手，都早
已围过来了！"

"那么，你们还刁难什么？"

"皇后把犯人交给我们看管，如果犯人丢了，我们
的脑袋也保不住！五阿哥已经知道紫薇的下落，没有几
个时辰，天就亮了！何不等明儿一早，来坤宁宫公然要
人！那时，要闯入内，赛威、赛广恐怕……抵挡不住！"

"可是，这几个时辰里，紫薇会怎样？"尔康问。

"容嬷嬷早已累垮了，没力气再审了！紫薇姑娘暂时
没有危险。"

"你保证？"

"我们保证！我们会'看管'她！"

永琪立即抱拳说：

"两位壮士，永琪和还珠格格记在心里了！"回头看

尔康和尔泰，"咱们退！此地不能久留！"

尔康还有犹豫，永琪用力拉了他一下：

"别忘了，这儿是皇宫，你是御前侍卫！快走！"

三人迅速地穿屋越墙而去。

天才亮，乾隆就被小燕子惊动了。

"小燕子，你又发生什么事了？蜡梅说你四更天就来了，跪在这里跪到现在？你怎么了？两个眼睛肿得像核桃一样？"

小燕子匍匐于地，泪如雨下，泣不成声地痛喊：

"皇阿玛！我已经没有办法了！请你救救我，救救紫薇，如果紫薇死了，我也活不成！我跟皇阿玛老实招了，紫薇不是普通的宫女，她是为我而进宫的！她是我的结拜姐妹呀！当初，我跟玉皇大帝和阎王老爷都发过誓，我要跟紫薇一起活、一起死！现在，我把她害得这么惨，我真的活不下去呀……"一面说，一面哭得稀里哗啦。

乾隆简直摸不着头脑，但是，听到紫薇的名字，就不能不关心了：

"你慢慢说，慢慢说，朕听得糊里糊涂，紫薇怎么了？"

"昨天，我和皇阿玛在谈功课的时候，她被皇后娘娘带进坤宁宫，就一直没有回来！她被皇后关起来，用了刑，现在，不知道是死是活……"

乾隆心中怦然一跳，皇后带走了紫薇？想到紫薇，不知怎的，他也不能平静了。

"你怎么知道她被皇后关起来，还用了刑？"

小燕子急坏了，大喊：

"我知道，我知道，我就是知道！皇阿玛，求求你不要耽误时间了！五阿哥和尔康、尔泰，已经在昨晚夜探坤宁宫，亲眼看到紫薇被囚……"说着，就用额头碰地，砰然有声，"皇阿玛！求求你！拜拜你！只有你才能救紫薇，你看在她跟你彻夜下棋谈天的分上，去救她吧！五阿哥、尔康、尔泰、金琐都在外面等着呢！"

乾隆震动地站起身子。

乾隆冲进坤宁宫的时候，还是拂晓时分，身后跟着小燕子、金琐、永琪、尔泰、尔康等众人。

"皇后！"乾隆大喊。

皇后疾步走出，见到乾隆，连忙屈膝行礼：

"臣妾恭迎皇上，给皇上请安！怎么一大早就过来了？"惊看小燕子等人，心中已经有数，"哦？来人不少！"

"你把紫薇带到你的宫里，要做什么？"乾隆盯着皇后，严厉地问。

"皇上！一个宫女，也值得您亲自跑一趟吗？"皇后一怔，诧异已极地说。

"只怕我不亲自跑一趟，你不会把人交出来！"

"紫薇那丫头，说话不得体，行为不得体，是我把她叫了来，训斥了几句，就让她回去了，怎么？她不在漱芳斋吗？是不是化装成小太监，溜到宫外玩儿去了？"

小燕子一听此话，就完全失控，发起疯来，大叫：

"皇后！你把紫薇怎么样了？你赶快把紫薇交出来！要不然，我和你没完没了，我也不管你是不是皇后，我也不管你有多大的权力，我跟你拼命！紫薇被你扣在宫里，已经是千真万确的事，你还睁着眼睛说瞎话！"

小燕子一边嚷着，一边就怒发如狂，冲到皇后面前，抓着皇后胸前的衣服，一阵乱摇。

"这还像话吗？反了反了！来人呀！"皇后大喊。

赛威、赛广冲了出来，和永琪、尔康电光石火般地交换了一个眼神。

小燕子什么都不顾了，拼命摇着皇后，大喊大叫：

"紫薇不会武功，说话连人声都不会，你还说她这个不得体、那个不得体，你是成心要弄死我们！放她出来！紫薇少一根头发，少一根寒毛，我都要你的命……放她出来！再不放，我跟你同归于尽！"

小燕子喊着，就整个扑在皇后身上，双双滚倒于地。小燕子就去勒皇后的脖子。

"不可以！"赛威大喊。

赛威、赛广往前扑，尔康和尔泰同时出手，挡开赛威、赛广，拉起小燕子，干净利落。赛威、赛广便被逼得后退。

皇后跌在地上，惊得面无人色，早有宫女太监奔去扶起。

这样一片混乱，看得乾隆目瞪口呆，此时，尔康喊：

"皇上！救人要紧！"

乾隆一步上前，怒声喊：

"朕已经知道紫薇在坤宁宫，不要推三阻四了，闹成这样子，成何体统？赶快把人交出来！"

皇后怒不可遏：

"皇上一清早，就带着这个没规没矩的格格，来我这儿大吵大闹，又动手，又动口，难道还是臣妾有失体统吗？"

"你身为皇后，居然囚禁宫女，动用私刑！现在，朕亲自来跟你要人，你还扣住不放，你是不是连朕也不放在眼里了？"

"皇上有什么证据，说紫薇在坤宁宫？"皇后挺了挺背脊。

"皇后这么说，紫薇不在坤宁宫！你敢指天誓日地说一句，紫薇确实不在？如果所说是假，皇后犯法，与庶民同罪！"乾隆疾言厉色。

皇后话锋一转：

"好吧！就算紫薇在坤宁宫，紫薇不过是个宫女，我跟格格要了这个宫女，留在身边侍候我，可以吗？"

乾隆大怒：

"一个皇后，说话出尔反尔，做事跋扈嚣张，简直可恨！”

皇后面无血色，不敢相信地看着乾隆：

"皇上！难道臣妾今天的地位，还不如一个宫女吗？您怎能用这种话来说我！"

乾隆不由自主，竟引用了小燕子的话：

"宫女也是人，宫女也有爹娘，也是人生父母养的！所谓'皇后'，正应该'母仪天下'！你的'母仪'在哪里？你不知道'老吾老以及人之老，幼吾幼以及人之幼'吗？如果你不能胜任当一个'国母'，这个'皇后'的位子，你不如让贤吧！"

皇后大震，连退了两步，张口结舌，竟吓得说不出话来了。

乾隆便厉声再喊：

"还不赶快把紫薇交出来！"

皇后心一横：

"臣妾要为皇上除害，不能把紫薇交出来……"

乾隆大怒，回头喊：

"尔康！尔泰！永琪！你们去把紫薇搜出来！"

尔康、尔泰、永琪巴不得有这样一句，便大声应着"遵旨"，冲进后面去了。

尔康三人冲进密室的时候，只见到容嬷嬷带着二个老嬷嬷，正在对紫薇用刑，她们居然"日出而作"，气得三个人都血脉偾张。

尔康一声大吼：

"该死的老巫婆，居然还在用刑！"就飞扑上前，踢翻了容嬷嬷，一看旁边的刑具，气得鼻子里都冒烟了，抓起一把金针，就对容嬷嬷肩上一插，"你这个混蛋！你这个没有人心的魔鬼！让你自己尝尝这是什么滋味！"

容嬷嬷倒在地上，痛得打滚，杀猪似的叫了起来：

"哎哟！皇后娘娘……快救命啊……"

尔康看到蜷缩成一团的紫薇，心都震痛了，顾不得容嬷嬷，就忘形地扑过去，一把抱住紫薇，痛楚地喊：

"紫薇！对不起，我来晚了！"

紫薇看到尔康，泪水潸潸而下。

容嬷嬷还在杀猪似的惨叫，尔泰上前，劈手就给了容嬷嬷好几个耳光。

"还敢叫？这种歹毒的老太婆，不如杀了。"哐啷一声，拔出匕首。

容嬷嬷大惊，吓得发抖，跪在地上，拼命磕头：

"饶命！饶命啊！福少爷，我知错了！"尖叫：

"五阿哥！救命啊……"

永琪早把其他嬷嬷一一踢翻在地。众嬷嬷全跪在地上，磕头如捣蒜。永琪喊：

"尔泰！要杀她，不能在这儿杀！先救紫薇要紧！这个老太婆，随时可以收拾！皇阿玛还在外面等着呢，不要耽误时间了！"尔泰心有不甘，一挥手，将容嬷嬷发髻一刀削掉。

发髻落地，容嬷嬷以为把自己的头割掉了，咕咚一声，晕倒在地。

尔泰拎着她背脊的衣服，拖了出去。

"我不杀她，有人会杀她！让皇上发落！"

尔康已经抱起紫薇，往外大步走去。

当尔康抱着披头散发、狼狈不堪、脸色苍白的紫薇走出来时，乾隆震惊极了。永琪和尔泰跟在后面。

尔泰还拖着一个没有发髻的容嬷嬷。

"皇上！紫薇救出来了！已经受过严刑拷打，遍体鳞伤！"尔康喊着。

小燕子和金琐，一看到紫薇这样子，心都碎了，两人尖叫着扑上前去：

"紫薇！紫薇！我害死你了……我真该死！真该死！"

"他们把你怎样了？怎么会弄成这样……你的伤在哪里？我能不能碰你呀？"

紫薇知道乾隆在，便挣扎着要下地。尔康也不便一直抱着紫薇，就小心翼翼地把她交给小燕子和金琐。小燕子和金琐，一边一个，去扶住紫薇。

紫薇东倒西歪地倚在两人怀里，好生凄惨。

乾隆大步上前，不敢相信地看着紫薇，震动而心痛：

"紫薇，你哪里受伤了？"

紫薇抬眼见到乾隆，就挣扎着要站稳，无奈浑身一点力气都没有。在小燕子和金琐的扶持下，好不容易，摇摇晃晃站着，她还试图跪下。可是，一个头昏眼花，力不从心就倒在金琐和小燕子怀里。

"皇上，紫薇不曾受什么伤……"她勉强地说着。

乾隆看着那张又是汗又是泪的脸孔，心里实在吃惊。

"弄成这样，还说不曾受什么伤！你尽管说，谁打了你？怎么打的？用什么东西打的？你说！不要怕！朕为你做主！"

皇后见到紫薇被救出，心里害怕，向前迈了一步。

"皇上……"她喊着，声音里已有怯意。

乾隆震怒地抬头，扫了皇后一眼，厉声说：

"朕在问紫薇，皇后请不要插嘴！"

这时，尔泰将容嬷嬷拖到乾隆面前，一掷而下。

"皇上，我把这个刽子手捉来了！"

容嬷嬷被这样一摔，醒过来了，睁眼一看，差点又要晕倒，跪地惨叫道：

"万岁爷饶命！万岁爷……奴才不敢了……奴才再也不敢了……"

乾隆怒瞪着容嬷嬷，对皇后所有的怒气，全部转移到容嬷嬷身上。

"你这个下流东西！就是你在兴风作浪！如此对待一个弱女子，太可恶了！"回头大喊，"赛威！赛广！把她拖出去斩了！"

“遵旨！”赛威、赛广大声应着，便来拖容嬷嬷。容嬷嬷魂飞魄散，尖叫：

“皇后……皇后……”

此时，皇后心胆俱裂，再也顾不得皇后的形象，扑通一声，对乾隆跪下了：

“皇上请手下留情！容嬷嬷是我的乳娘，等于是半个亲娘！皇上请开恩！”

“你现在要朕开恩了？容嬷嬷不过是个奴才，一个罪大恶极的奴才，我杀一个奴才，你也会舍不得吗？”

皇后落泪了：

“臣妾知错了！请皇上网开一面！这些年来，臣妾虽在坤宁宫，长日无聊，多亏容嬷嬷悉心照顾，没有功劳，也有苦劳！请看在你我夫妻情分上，放她一马吧！”

皇后一句“长日无聊”，乾隆心中一震，也有恻隐之心，但盛怒难减：

“你的奴才，你知道怜惜，小燕子的人，你为什么不能怜惜？什么叫推己及人，你不知道吗？”

“臣妾知罪了！”皇后委曲求全。

乾隆便厉声说道：

“容嬷嬷！朕把你的人头，暂时记下！如果再有任何差错，再去漱芳斋找麻烦，你就必死无疑！”

“奴才谢皇上恩典！谢皇上恩典！”容嬷嬷匍匐于地，浑身颤抖。

“死罪虽然免了，活罪难逃！赛威，赛广，把她拖出去打二十大板！”

赛威赛广便拖着容嬷嬷出去。

皇后眼睁睁看着容嬷嬷被拖走，什么话都不敢再说。

乾隆见容嬷嬷被拖下去了，就转头看着紫薇：

“紫薇，除了容嬷嬷，还有谁对你用刑？为什么对你用刑？”

紫薇在金琐和小燕子的左右搀扶下，跪在地上，摇摇晃晃地给乾隆磕了一个头：

“回皇上，没有了，请皇上不要追究了！皇后教训奴才，是天经地义，皇上不追究，就是紫薇的福气了……”

紫薇说到这儿，眼前一黑，竟晕了过去。

小燕子抱住紫薇，泪如雨下，惨烈地喊：

“紫薇，紫薇！你不要死，你死了我跟你一起死！”

乾隆又惊又急又痛，连声喊：

“赶快送她回漱芳斋！马上传太医！快！快！”

紫薇躺到漱芳斋的床上，人就清醒过来了。

漱芳斋一阵忙乱，太医来了好几位，令妃也赶来了。明月、彩霞、小邓子、小卓子和诸多宫女太监，忙忙碌碌，跑前跑后。倒水的倒水，擦拭的擦拭，先帮紫薇弄干净，清理更衣。然后，太医们诊治的诊治，抓药的抓药，煎药的煎药，上药的上药……又忙了好一阵子，才把紫薇弄定了。终于，紫薇躺在床上，换了干净衣裳，梳洗过了，伤口都上了药，觉得自己又活过来了。

乾隆居然亲自到床前来看紫薇。

金琐和小燕子看到乾隆，便屈膝请安。小燕子眼眶一红，委屈万分地喊了一句"皇阿玛"，眼泪就簌簌直掉，哽咽难言。

紫薇苍白如死，见乾隆亲临，受宠若惊，急忙想起床："皇上！"

乾隆一伸手，将紫薇身子按在床上。

"这种时候，不要多礼了！"凝视紫薇，"令妃都告诉我了，是用针扎的？嗯？听说浑身都是针孔？疼极了，是吗？"

这么温柔的语气，这么关心的眼神，紫薇好感动，眼中立即流泪了：

"谢皇上关心，不疼了！"

乾隆点点头：

"疼得脸色都像白纸一样，还说不疼？"

"有皇上和令妃娘娘这样关爱，又请太医，又赐药，又殷殷垂询，真的不疼了！"紫薇哽咽地说。

乾隆心中一抽，怜惜之情，不能自已：

"皇后为什么对你动刑？刚刚在坤宁宫，你不说，现在，可以说了！"

"请皇上不要追究了！"紫薇在枕上磕头。

"你尽管说，没有关系！"

紫薇看着乾隆，眼光诚诚恳恳，声音温温婉婉：

"皇后贵为国母，无论怎样教训我，都有她的理由和权力。皇上，家和万事兴，犯不着为了小小一个丫头，闹得宫内不宁！皇上已经罚过容嬷嬷，够了！"

"话不是这样说，万一闹出人命，怎么办？而且，这皇宫，是多么高贵宁静的地方，是朕的家呀！居然在皇宫里动用私刑，这像话吗？"

紫薇见乾隆发怒，就含泪不语。小燕子在一边，再也熬不住，落泪嚷：

"皇阿玛！这还有什么好问的？皇后就是看我这个漱芳斋不顺眼，没办法除掉我，就欺负我房里的人！皇阿玛，您那么忙，我们不能一出事就找您，今天是紫薇命大，您在宫里，如果您不在宫里，紫薇大概就被弄死了！"

乾隆抬头看小燕子，叹口气：

"你放心，朕已经吩咐尔康，调侍卫来保护你们，以后，坤宁宫叫传，先告诉朕，朕为你们做主，不会再发生类似的事了！"

令妃便上前说道：

"皇上，请回宫去休息吧！这儿，有小燕子她们照顾着，尔康、尔泰保护着，应该不会再出问题了！"

乾隆看着紫薇，看了好一会儿，怜惜一叹，说：

"紫薇，你好好休养，想吃什么，尽管叫厨房去做！

你今天受了委屈，你虽然不肯说，朕心里也大概明白！你一句'家和万事兴'包含了千言万语，朕也了解了！你不要怕，伤好了，朕再来跟你下棋！"

乾隆说得如此委婉，紫薇感动得泪如雨下，在枕上拼命磕头，嘴里重复地说：

"谢皇上……谢皇上……谢皇上……"

"看样子，朕不离去，你也没办法休息！令妃，走吧！"乾隆体贴地说，转身离去。

一屋子的人忙着恭送。

乾隆刚走，尔康进来了。

小燕子一看到尔康，就挥手要大家全体出去，一面对尔康说：

"不要谈太多了，太医说，她需要休息！我和金琐在门口守着，不会让人进来！"

"谢谢你！"

金琐过来，对尔康屈了屈膝，低低地叮嘱：

"她很痛，到处都痛，你跟她谈谈，或者可以止痛！就是，千万别说要带她出宫去，皇上亲自慰问，她感动得要命。什么力量都没办法让她离开了，你如果又说要带她走，那会让她更痛的！"

尔康一怔，对金琐拼命点头：

"我知道了！"

小燕子就和金琐匆匆出门去。

　　尔康奔到床前，见紫薇仍然苍白如死。他在床前坐下，把紫薇的手抓了起来，紧紧地放在胸口，两眼热烈而痛楚地凝视着她，半晌，一句话都说不出来。

　　紫薇眼中含泪，过了片刻，反而是紫薇先开了口：

　　"都过去了，好在，有惊无险。"她安慰着尔康。

　　"有惊无险？你已经遍体鳞伤，还说有惊无险？我……"摇头，咬牙，"我会为你心痛而死！"

　　"不要这样，你这么难过，我会因为你的难过，而更加难过的！"

　　"我知道不该让你更加难过，可是，我真的没办法不难过！我怎么样都没想到，会发生今天这种事！我觉得自己真该死！真没用！居然没有力量保护你！看到你这样，我又没有办法替你痛，我真的好后悔！"

　　"我知道，我都知道！"紫薇含泪看尔康，勉强地挤出一个软弱的笑，"不要为我难过，皇上因此而注意我，我是因祸得福了！"

　　"伤成这样，你还这么说！身上到底有多少伤口？除了针，还有没有别的？"

　　"没有关系！你来了，这样守着我、看着我，我知道你对我的疼惜，知道你比我还痛！够了，我心里很温暖，很感动。受一点小小的伤，发现自己被这么多人珍惜着，这点伤，其实是一种幸福！不要后悔。我觉得好兴奋！皇上为我亲自去坤宁宫，亲自送我回来，为我宣太医，还要令妃娘娘来照顾我，还对我问东问西，我已经受宠若惊，我高兴都来不及啊！”

“你是陷在这个‘父女相认’的旋涡里，不准备出来了！”尔康凝视她。

“我义无反顾，不准备出来了！”紫薇坚决地说。

“皇后到底为什么拷打你?”尔康疑惑地问。

“她要我说出和你家的关系，和五阿哥的关系，和令妃娘娘的关系……她以为，我是你们大家设计的‘鱼饵’，在‘勾引’皇上！”

尔康震动极了：

“天啊！我们赶快把真相说出来吧，不要再拖了！”

“不行啊，我还一点把握都没有，你说过不能急！”

“可是，我太害怕太害怕了！今天这种事情，如果再发生一次，我都没有把握自己会不会失去理智，做出疯狂的事情来！我真的为你神魂颠倒，心惊胆战。你那么坚强，又那么脆弱，我不知道怎样才能保护你！怎样才能把你揣在口袋里，带在身边，让你远离伤害！”尔康担忧已极、怜惜已极地说，眼睛都涨红了。

紫薇就伸手轻触着尔康的面颊，柔声说：

“我不痛了，我真的一点都不痛了！”

“可是……我好痛！”

尔康就捉住她的手，送到唇边去吻着。

紫薇苍白的脸，终于漾出了红晕。

第十九章

紫薇的伤，其实一点都不严重，休息了几天，就恢复了元气。乾隆和令妃，又赏赐了无数的补品，什么灵芝、人参、当归、熊胆……一件件搬到漱芳斋来，给紫薇进补。因此，十天过后，紫薇不但神清气爽，而且面颊红润，精神抖擞。

这天风和日丽，云淡风轻。

小燕子兴冲冲地站在院子里，手里抡着一条九节鞭。紫薇和金琐，笑吟吟地看着她。明月、彩霞、小邓子、小卓子全都围绕着，看小燕子表演。

"紫薇，你的身体完全好了，我要开始教你武功了！金琐、明月、彩霞、小邓子、小卓子，你们通通要学！我现在才知道，不会武功真的不行！我这个漱芳斋，必须要想出保护自己的办法，那就是，人人会武功，个个是高手！"

"你要我学那个东西，我是绝对不行的。"紫薇笑着说。

"什么绝对不行？你看，我都学了《礼运大同篇》，都念了四书，还学作诗！还要天天练字！如果我可以做那些事，你就可以练武！来来来！"小燕子兴致勃勃。

"你饶了我吧！我真的没办法！"紫薇躲开，笑着。

"金琐！你第一个来练，你责任重大，下次紫薇再被人带走、被人欺负，就是你的事！"小燕子转移目标，喊着。

"我？"金琐愕然地问。

"是是是！你们不要拖拖拉拉了，每一个都要练就对了，哪有只会挨打不会还手的人，气死我了！"

小燕子大叫。

金琐想到紫薇被欺，义愤填膺起来，下决心地说：

"好好好！我练！我练！"

小燕子舞动九节鞭，一阵虎虎生风，边舞边说：

"这样挥出去，这样收回来，手腕要有力，马步要踩得稳，动作要灵活，鞭子要舞得活络……"说着，就呼呼呼地舞了一阵，把鞭子交给金琐。

金琐学着小燕子，拿着鞭子，软绵绵地一鞭挥去，嘴里跟着喊：

"这样挥出去，这样收回来……这样挥出去，这样收回来……"

不料，那条鞭子竟完全不听指挥，每一节都能自由活动，呼啦呼啦几下，竟然打到金琐自己的头上，发簪也掉了，耳环也掉了。金琐急忙要收回鞭子，手忙脚乱之余，噼里啪啦地打在小燕子身上头上。

小燕子一边跳着躲鞭子，一边着急地大喊：

"金琐！你这是干什么？是打敌人还是自己呀？你把那棵树想成你的敌人，对那棵树招呼过去，不要打我，不要打你自己呀……"金琐挥着那根完全不听话的鞭子，打得自己簪飞发散，打得小燕子跳来跳去，看得众人目瞪口呆。

"不对不对！"金琐气喘吁吁地喊，"这根鞭子有点邪门，它像一条蛇一样，是活的！它根本不听我的话，它高兴往哪儿绕就往哪儿绕，我拉都拉不住它！"

"胡说！什么鞭子邪门？这九节鞭有九节，你不要用'蛮力'，要用'巧劲'，只要劲用对了，每一节都会发挥作用，指东打西，好用得不得了！你用点力气呀！这不是纺纱，不是绕棉线，不是绣花呀！用力！再用力！速度快点！呼啦……挥出！呼啦……"金琐拼命学习，嘴里也依样画葫芦地大喊：

"呼啦……挥出！呼啦……收回！"

金琐这一呼啦，鞭子竟叭的一声，打到旁观的小卓子脸上。小卓子大叫一声，往后就退，竟然"砰"的一声，把小邓子撞倒在地。金琐急忙收鞭，又波及明月、彩霞，人人被打得东倒西歪。金琐好不容易才收住鞭子，忙着对大家道歉：

"哎呀！哎呀！你们怎样？我不是故意的！"

小卓子、小邓子爬起身子，"哎哟"乱叫，明月、彩霞揉手的揉手，揉头的揉头，呻吟不已。

"金琐，等你的功夫练好了，我们大概人人受伤了！"小邓子喊。

"我看，不只受伤，能不能保命是个大问题！"明月说。

"求求你，可以了，拜托你，别练了！"小卓子对金琐直拜。

"这鞭子怎么专打自己人呢？那棵树站在那儿动也没动，闪也没闪，你就打不到？"彩霞问。

大家你一言、我一语，紫薇忍俊不禁。

"小燕子，你正经一点，就拿根棍子教教她好了！教什么九节鞭？"紫薇说。

"对对对！你先从'一节鞭'教起，我们一步一步来！"金琐急忙应着。

"哪有什么'一节鞭'？我听都没有听说过！"小燕子生气。

"那……我还是不要学了！"金琐对小燕子苦着脸说。

"不行不行！为了保护紫薇，你非学不可，没有那么难！来来来，我再示范一次给你看！”

小燕子接过九节鞭，呼呼呼地又舞了起来，大家拼命给她鼓掌、叫好。

小燕子听到大家叫好，不禁得意扬扬，越舞越高兴，嘴里嚷着：

“看到没有，鞭子可以向前、向后、向左、向右、向上、向下挥动……手腕一定要有力……鞭子这样出去，哗啦一下，就勾住对方的脖子，呼噜一下，就把敌人勾到面前，然后鞭子这样一甩，打得他落花流水。”小燕子一边说，一边舞着鞭子，谁知，表演得太卖力了，一个“落花流水”之后，那鞭子竟然脱手飞去，高高地挂在一棵松树上面了。小燕子大惊，说：

“哗！这鞭子被金琐带坏了，怎么不听话？叫它回来，它往外走，”就回头喊，“小邓子！给我把鞭子拿回来！”

“啊？拿回来？”小邓子就跑到树下，抬头看着那棵树，一筹莫展。

大家全都来到树下。

“太高了，恐怕要去找一个梯子来！”紫薇说。

“什么梯子，我用轻功就上去了！”

小燕子飞身上蹿，伸手去捞鞭子，奈何无处落脚，鞭子仍然卡在两棵树之中。

小燕子不相信自己的轻功竟然那么烂，再飞一次，松枝勾住头发，把发簪都扯掉了。紫薇看得心惊胆战，连忙阻止：

"好了，你不要再跳了，危危险险的，待会儿又撞了头！金琐，哪儿有梯子！""这么高的梯子，哪儿有？"明月异想天开，提议：

"小邓子，我们来叠罗汉，试试看拿得着、拿不着！"

"对对对！叠罗汉！大家赶快叠罗汉，给我把鞭子拿下来！"小燕子喊。

于是，一群人就跑到树下去叠罗汉，小卓子在最下面，小邓子站在他肩上，明月危危险险地爬上小邓子的肩，彩霞抱住小卓子往上攀，大家还没爬到一半，一个站不稳，尖叫着全体摔落地。

"好了好了！不要叠罗汉了，这个办法也行不通！"紫薇忙叫，看着大家，"你们没有一个人会爬树吗？"

小燕子恍然大悟：

"对呀！爬树就行了嘛，真笨！"就命令大家，"爬上去！爬上去！"

小燕子以身作则，第一个往上爬，小卓子、小邓子跟着往上爬。

紫薇、金琐、明月、彩霞全仰着头观看。

大家爬得气喘吁吁。

正在这紧紧张张的时刻，尔康、尔泰过来了，见状大惊。

“你们这是在干什么？为什么都爬在树上？”尔康问。

小燕子抱着一根树枝，危危险险地挂在那儿，拼命伸手去拿九节鞭，嚷着说：

“别吵别吵，我就快拿着了！”

尔泰看得心惊胆战：

“你小心一点啊！别摔下来啊！”

“喂喂，谁要告诉我，这是干吗？”尔康惊奇极了。

“就是要拿那根鞭子嘛！”紫薇说。

“拿鞭子啊？”

尔康就轻轻松松地一跃，姿态优美地飞身而上，取下鞭子，翩然落地。

小燕子还挂在树上，瞪大眼睛嚷：

“你就这样拿下去了？”“是！”尔康喊着，“你快下来吧，皇上要你和紫薇到御花园里去赏花！五阿哥已经去了，快走！别让皇上等你们！”小燕子听到皇上传唤。这才跳下了地。大家也不练九节鞭了，赶快整衣梳妆，去见皇上。

乾隆看到神清气爽的紫薇，心里好生安慰：

“紫薇，你身上的伤，完全好了吗？”

“回皇上，完全好了！”花园中，姹紫嫣红，繁花似锦。乾隆看着小一辈，小燕子活泼，紫薇沉静。永琪俊朗，尔康儒雅，尔泰潇洒，几乎个个郎才女貌，不禁欣悦。心里想着令妃的暗示，小燕子不小了，和福家兄弟又走得很近，不知道该许给尔康好，还是许给尔泰好？就对小燕子和福家兄弟，多看了两眼。

"好极了！今天把你们找来，是因为，朕想'微服出巡'了！小燕子，紫薇，你们是不是真的也要去？"小燕子一听，兴奋得不得了，冲口而出地叫：

"当然真的了！最近，我们好倒霉。皇阿玛带我们出去走走，说不定我们的霉运就过去了！"

"朕不明白，你的霉运，跟出门有什么关系？""当然有关系了！人逢喜事精神爽嘛！出门就是喜事，有了喜事精神就爽，精神一爽，霉运自然不见。""你那么爱出门，朕看你是'女大不中留'，年纪到了！看样子，得给你找婆家了！"乾隆笑着说，眼光在小燕子身上转来转去。

小燕子大惊，脚下一绊，差点摔了一跤。紫薇急忙扶住。

尔泰和永琪互看，两人都有些紧紧张张。

"小燕子，你怎么了？听到找婆家，乐得站都站不稳？"乾隆打趣。

"皇阿玛，别开这种玩笑了，吓得我差点晕倒！我这种人，没有婆家要的啦！您千万别费这个心！"小燕子嚷道。

"怎么会没有人要呢？"乾隆抬头，有意无意地看着尔康，"尔康！把还珠格格指给你，如何？要不要？"

尔康大惊，还来不及反应！

小燕子一个跟跄，"砰"的一声，就跌倒在地。

紫薇慌忙去扶，手忙脚乱，被小燕子一拉，也一屁股坐倒在地。

宫女们忙着去搀扶两人。

尔康、尔泰、永琪看着摔倒的两人，个个都有心事，显得紧紧张张。

乾隆惊奇，瞪着小燕子和紫薇：

"你们两个是怎么回事？"

两人站起身来，都有一些狼狈。小燕子揉着膝盖，抬头看乾隆，抗议地说：

"皇阿玛，这种事情，您老人家不跟我私下商量吗？我好歹是个姑娘家嘛，这样一问，如果人家不要，我的面子往哪儿搁？我知道您喜欢尔康，可是，人要忠厚一点，别害人家嘛！"

"什么忠厚一点？你说的话，朕听不懂，怎么会害人家呢？"乾隆惊愕。

"您跟谁有仇，再把我许给他吧。没有仇，就饶了人家吧！哪个娶了我，哪个就是倒霉蛋！"

"哦？你对自己，评价这么低呀？"乾隆瞪着小燕子。

"皇阿玛！快别开玩笑了，我们言归正传，谈谈'微服出巡'的事好不好？您准备化装成什么人？我们去哪儿？"小燕子急忙转话题。

乾隆一笑，便丢开了那个问题，看大家：

"尔康，你的计划是怎样？"

尔康看着紫薇出神，竟然没有听到。尔泰急忙撞了尔康一下：

"你想什么？皇上在问你话，问你对'微服出巡'的计划是怎样？"

尔康这才回过神来，慌忙看乾隆，勉强整理自己零乱的思绪，乾隆见他魂不守舍，误会了，笑吟吟地看着他。

"回皇上，我想，还是化装成商人比较好，皇上是'老爷'，五阿哥是'少爷'，我跟尔泰是随从，还珠格格跟紫薇是丫头！纪师傅还是师傅，阿玛、傅六叔、鄂敏是伙计，大家跟老爷去收账，并且一路游山玩水！这样，您身边除了纪师傅，都是武将，就不用再带很多侍卫，引人注目了！"想了想，"恐怕还要加一个人，胡太医！以备不时之需！"

"好！就是这样！你想得非常周到！"乾隆就抬头看小燕子，"那么，小燕子，你把《古从军行》背给朕听听！"

"《古从军行》啊？"小燕子一怔。

"怎样？不是讲好条件的吗？""可是，我还没有背，最近好忙，没时间念！可不可以不背呢？"小燕子说。

"不背？那就不能跟朕出门！"乾隆一本正经。

"那……明天，明天再背，好不好？我马上回去念？"
小燕子急了。

"好！明天！一言为定！"

逛完御花园，三个臭皮匠，就聚集在永琪书房里开
紧急会议。

"我们三个，一定要好好地研究一下了，我觉得，现
在情况复杂，隐忧重重，我真的担心得不得了！你们听
皇上今天那个口气，万一紫薇还来不及禀明身份，皇上
就来个乱点鸳鸯谱，那怎么办？"尔康紧张地对尔泰和
永琪说。

永琪心事重重，也是一脸的焦急，在室内兜圈子。
"是啊！现在所有格格里，就是小燕子和你年龄相当，皇
阿玛看到小燕子和福家走得那么近，一定误会了！今天
明摆在那儿，就是刺探我们一下！"

尔泰瞪大眼睛，愤愤不平地说：

"皇上每次就想到尔康，总是把我这个做弟弟的忽
略掉！要指婚，也不一定指给尔康呀，指给我不是皆大
欢喜吗？你们不要急。改天我跟皇上禀明心迹，让皇上
把小燕子指给我，解除尔康的危机！"永琪手里的折扇，
"啪"的一声掉落地，瞪着尔泰，结舌地问：

"什么心迹？什么心迹？尔泰，你什么时候和小燕子
有这个，有这个……默契的？"

"什么默契？"尔泰一股天真状，拾起扇子，交给永

琪，"尔康有难，做弟弟的不挺身而出，那要怎么办？小燕子总不能先抢了紫薇的爹，再抢紫薇的心上人吧？"

尔康想了想，越想越高兴：

"好好好！就这么办！尔泰，要说就得快！小燕子嫁了你，大家还是一家人，这样好！她和紫薇从姐妹变成妯娌，这一辈子就再也不用分开了，我想，小燕子也会喜欢的，这样再好不过了！"就对尔泰作揖，"谢谢！"

永琪这一下急坏了，跳脚说：

"好什么好？你们都把我忘了是不是？"尔泰瞪着永琪，看了好一会儿，大叫说：

"五阿哥！我总算把你心里的话给逼出来了！"

"五阿哥！你不行啊！你是小燕子的兄长啊！"尔康惊看永琪。

永琪一阵烦躁：

"现在，我们不是在努力让她们各归各位吗？等到她们各归各位的时候，我就不是兄长了呀！事实上，根本就不是兄长嘛！我和她，一点血缘关系都没有！就因为我知道不是兄长，才没有约束自己的感情！"

"这有点麻烦！"尔泰凝视永琪。

"什么麻烦！"永琪更加烦乱。

"除非你用阿哥的身份，命令我不加入战争，否则，我们只好各凭本领！"尔泰一本正经地说。

"尔泰！"永琪喊，脸色一沉。

尔康看看永琪，又看看尔泰，伤脑筋地喊：

"你们认为现在的状况还不够复杂是不是？你们两个还这样搅和！"

永琪急得脸红脖子粗，一脸的汗，痛苦地看着尔泰，哑声问：

"尔泰，你是认真的吗？""当然认真！窈窕淑女，君子好逑！你不是唯一的君子！"尔泰瞪大眼睛。

永琪呆了半晌，心里挣扎，在室内像困兽般兜了好多圈子，最后，往尔泰面前一站，几乎是痛苦地说：

"尔泰，你明知道我没办法用阿哥的身份来命令你！这些年来。我们情同手足，这份友谊，对我而言，实在太珍贵了！"就一咬牙，"好！我退出！只有你去表明心迹，才会快刀斩乱麻！我，就死了心、认了命，当这个莫名其妙的兄长吧！"

尔泰感动极了，凝视着永琪：

"五阿哥，谢谢你这几句话，对我也太珍贵了！但是，这样的割舍，你会不会很心痛呢？"便对永琪嘻嘻一笑，"既然和你情同手足，我怎么忍心夺人所爱呢？"

永琪一震，盯着尔泰：

"你是什么意思？"

尔泰就对永琪诚挚地说：

"有你这一番话，我就心甘情愿做你的跟班了！事实上，我老早就知道你对小燕子的感情，老早就退出了战争。因为，我发现，小燕子只有对你说话的时候，才会脸红！"

"是吗？"永琪惊喜，"她跟我说话的时候会脸红？那代表什么？"

"我不知道那代表什么！我只知道，如果她会为我脸红，我不会把她让给你！"

"尔泰，你是诚心说这些，不因为我是阿哥？"永琪眼睛发亮了。

"我是诚心的，不因为你是阿哥！好了，我们把混沌的感情局面先弄清楚，再来商量以后的大事！"尔泰说。

永琪大喜，伸手猛拍着尔泰的肩：

"尔泰，承让了！我会谢你一生的！"尔康瞪着两人，烦恼得一塌糊涂。

"你们不要谢来谢去了，我听得更烦了！五阿哥，你这是个遥远的梦！想想看，她现在是还珠格格，跟你有兄妹的名分，什么都不能谈！如果有一天，她不是还珠格格了，她就是平民女子，你贵为阿哥，皇上怎么会让你配一个平民女子呢？除非你收她做个小妾！可是，小燕子虽然出身贫寒，言谈之间，对女子的权利，非常维护，恐怕不是甘愿做小老婆的人！"

永琪傻住了，痛苦地说：

"是啊！这是一个遥远的梦。""有梦，总比没梦好！不是有成语说'美梦成真'吗？大家走着瞧吧，焉知道美梦不会成真呢?"尔泰鼓励大家。

"这一下,要皇上不乱点鸳鸯谱,更难了!"尔康叹气。

"我还发现一件事,觉得非常危险!"永琪想到什么,看着尔康。

"什么事?""紫薇表现得那么好,皇阿玛显然已经太喜欢她了!我们都知道她是皇阿玛的骨肉,紫薇自己也知道。可是,皇阿玛并不知道!"尔康坐倒进一张椅子里,大大地呻吟了一声:

"这正是让我胆战心惊的事啊!不行不行,我们一定要马上把真相说出来!"

"不能'马上'说!小燕子现在树大招风,敌人太多!一个不小心,她就会脑袋搬家的!皇额娘一定会把国法家法,通通搬出来,置她于死地!我们要想个法子,让小燕子和紫薇双双拿到一个皇上的特赦令,准她们两个无论犯了什么错,都免于死罪!然后再说出真相!"永琪说。

"这个'特赦令'哪有这么容易!皇上从来没有发过这种命令!"尔康喊。

尔泰深思起来,眼睛里燃着光彩,声音里充满信心:

"唔,不一定很难。这次微服出巡,就是一个机会!大家朝夕相处,如果她们两个表现得好,我们乘机敲边鼓,说不定会成功!我觉得,紫薇和小燕子都各有功夫,让皇上不喜欢都难！有希望！有希望！"

他就充满信心地看永琪和尔康："你们两个，是'关心则乱'，我现在最超然、最理智，你们听我的，没错！"

尔泰说得神采飞扬，尔康和永琪都看着尔泰，不禁跟着尔泰兴奋起来。"唔，这次的微服出巡意义重大！可是……"

"可是，小燕子还没背出《古从军行》来，怎么办？"永琪忽然大叫。

"我们大家想个办法，帮她忙，让她快读快背！"
尔康跳起身子。

"快读快背？"永琪沉思。

几乎是毫不耽搁，三个臭皮匠就来到了漱芳斋的小院里。

永琪拿着一把长剑舞得银光闪闪，像一条光环，忽上忽下，忽左忽右，好看得不得了。紫薇和小燕子，带着漱芳斋里所有的人，围着观看。看到那把长剑像是活的一样，时而凌厉，时而柔软，大家都看得叹为观止，小燕子尤其赞不绝口。永琪一面舞剑，一面随着剑的动作，念着《古从军行》：

"白日登山望烽火，黄昏饮马傍交河。行人刁斗风沙暗，公主琵琶幽怨多。野云万里无城郭，雨雪纷纷连大漠。胡雁哀鸣夜夜飞，胡儿眼泪双双落。闻道玉门犹被遮，应将性命逐轻车。年年战骨埋荒外，空见蒲桃入汉家。"

永琪舞完，大家掌声雷动。小燕子看得兴高采烈。永琪就再示范一遍：

"这样拿剑一路往上劈，叫作'白日登山望烽火'，这样回剑一扫，叫作'黄昏饮马傍交河'，这样唰唰唰唰舞过去，叫作'行人刁斗风沙暗'，这样咚咚咚咚连续震动，叫作'公主琵琶幽怨多'！来，小燕子，我们先练这四句！"

小燕子高兴极了，兴致勃勃地喊：

"这个好玩！"

尔康递了一把剑给她，她就舞了起来，一边舞，一边念着：

"白日登山望烽火，黄昏饮马傍交河……"大家欣喜，又叫又跳，喊着：

"学会了！学会了！她会了！"

"这个方法有用，是谁发明的？"紫薇笑着问尔康。

"这叫作'穷则变，变则通！'因材施教，大概就是这个意思了！"尔康说。

小燕子忘了下面的句子，喊着：

"下面是什么？""行人刁斗风沙暗，公主琵琶幽怨多。"永琪边舞边教。

小燕子的剑，舞得呼呼作响，嘴里大喊：

"皇上刁难风沙暗，公主背诗幽怨多！"尔康和紫薇面面相觑。

“她还会改词？”尔康惊问。

“有进步，不是吗？”紫薇说。

尔泰听得直摇头，苦着脸说：

“只怕‘皇上听了脸色暗，公主禁足幽怨多’！”

永琪毫不懈怠，也毫不泄气，继续舞着剑。

“这一招是‘野云万里无城郭’，这一招是‘雨雪纷纷连大漠’！这一招是‘胡雁哀鸣夜夜飞’，这一招是‘胡儿眼泪双双落’！”

小燕子的剑，越舞越有模有样了，眉飞色舞，连刺好几剑，喊：

“野人……野人怎么啦？”

“不是‘野人’，是‘野云’，你心里想着，你这一路的剑劈过去，把一万里的敌人都杀死了，连城市啦、乡村啦，都没有了！”尔康着急，想尽方法帮忙。

小燕子又劈又刺又喊的：

“那下面是什么？什么下雪什么沙漠？”尔泰也忍不住提词，学着尔康教她：

“雨雪纷纷连大漠！你心里这样想，这把剑舞得像雪花一样，和沙漠都连成一大片！看敌人怎么逃？就是‘雨雪纷纷连大漠’！”“懂了！”小燕子大叫，就兴高采烈地舞着剑，喊着，“野人万里打不过，剑像雪花和沙漠！”大家全体傻眼了。

然后，小燕子在永琪、尔康、尔泰和紫薇的护航下，到了乾隆面前，郑而重之地背《古从军行》，还把乾隆拉到御花园里，以便容易给小燕子提示。

大家在御花园里，边走边逛边看小燕子背诗。小燕子充满信心地说：

"好不容易！我都背出来了！"

紫薇、尔泰、尔康、永琪都看小燕子，每个人都紧紧张张，对小燕子毫无把握。

于是，小燕子眼睛看着永琪，手中虚拟着有剑的模样，不敢动作太大，只是小幅度地劈来劈去。永琪也小幅度地示意着，手臂忽上忽下、忽左忽右。乾隆左看右看，看得纳闷极了。小燕子就开始背了：

"白日登山望烽火，黄昏饮马傍交河。皇上刁难风沙暗……"

紫薇轻轻一哼，慌忙扯小燕子的衣服。

尔康咳嗽，尔泰清嗓子，永琪手中虚拟的剑动作大了些，嘴里忍不住小声提示：

"唰唰唰唰……"

乾隆惊奇地看大家：

"喂，你们大家在做什么？"

大家吓了一跳，慌忙收收神，看花的看花，看天空的看天空。

"背错了！背错了！是'行人刁斗风沙暗，公主背诗幽怨多'！"小燕子更正。

几个年轻人又咳嗽的咳嗽，哼哼的哼哼，舞动的舞动……

乾隆看着大家，又好气又好笑，故意不动声色，说："背下去！"

"皇阿玛，下面有一点难，我要一把剑来帮个忙！"小燕子说。

"什么？背诗跟剑有什么关系？"乾隆真的被搅糊涂了。

"没有剑，找根树枝也可以！"

小燕子就去摘了一根树枝，这一下精神来了，把树枝当剑舞了起来。

"我重背一遍！"就边舞边背，"白日登山望烽火，昏黄饮马傍交河。行人刁斗风沙暗，公主琵琶幽怨多。"大家呼出一口大气，彼此安慰地对着点头。永琪手中的虚拟之剑，又连续舞动。

小燕子就一口气背了出来：

"野人万里打不过，剑气如雪连沙漠。胡雁哀鸣夜夜飞，胡儿眼泪双双落。听说玉门还被遮，应该杀他一大车……"

尔康跺脚大叹，尔泰用手蒙住了脸，永琪手里那把虚拟的剑也不见了，紫薇叹气低头，看着脚下，不敢看乾隆。

乾隆一听，简直不知所云，生气地大叫：

"好了好了！你这样手舞足蹈地背诗，还背了一个乱七八糟！朕简直不知道你在做什么？"小燕子委屈来了，抱怨地说：

"皇阿玛，你应该找一首容易一点的诗嘛！这首跟我的生活都不相关，怎么背嘛！句子又那么多，记了这句，忘了那句！一下胡人，一下野人，一下大雪，一下沙漠，一下白日，一下黄昏，没有皇上，倒有公主……这种诗，会让我的脑筋打结、舌头打结，真的不好背嘛！"

"那么，你们大家比来比去，指手画脚，是在干什么？"乾隆问。

尔康叹气了，说：

"皇上就别研究了，这是一次失败的教学方式！本想让格格把这首诗当成'剑诀'来背，谁知，她剑都练会了，'剑诀'练不会！"

乾隆这才恍然大悟，睁大眼睛：

"剑诀啊？原来这样指手画脚，是在舞剑！是谁编的剑谱？亏你们想得出来！"就瞪着大家，"那么，你们大家说，小燕子这首诗，算是过关了吗？"

"已经很难得了，前四句都没有错！"永琪说。

"'胡雁哀鸣夜夜飞，胡儿眼泪双双落'这两句也没错！"尔康说。

"后面虽然错得比较离谱一点，'玉门'两个字还是对的……"尔泰说。

乾隆气得直吐气：

"你们的意思是说，这算是'会背'了？"

小燕子知道难过关，挺身向前，忽然异想天开，建议说：

"紫薇代背，好不好？"

"代背？这还能代背的吗？"乾隆问。

紫薇见小燕子过不了关，很着急，就一步上前，对乾隆屈了屈膝，说：

"皇上，我代格格另外背一首诗。皇上如果喜欢，就让格格过关吧！如果不喜欢，再让她回去念！好不好？"

"你要另外背一首？"乾隆看着紫薇。

"是，另外背一首！"

"你背，朕听听看！"

"我想，现在大家心情愉快，正计划着要出游，不要背《古从军行》吧，那首诗凄凄凉凉，咱们现在国泰民安、风调雨顺，何必背那么苍凉的诗呢？"

乾隆觉得有理，这几句话听得非常舒服："好！不要背那首，那你就换一首欢乐的诗背给大家听听！"

"是！"紫薇应着，就清清脆脆地朗声背诵起来：

"春云欲泮旋蒙蒙，百顷南湖一棹通。回望还迷堤柳绿，到来才辨榭梅红。不殊图画倪黄境，真是楼台烟雨中。欲倩李牟携铁笛，月明度曲水晶宫。"

　　紫薇背完，乾隆惊喜莫名地看着紫薇，一脸的不相信：

　　"这是朕的诗！你居然会背朕的诗！""是！奴婢斗胆了！念得不好，念不出皇上的韵味！"

　　乾隆盯着紫薇：

　　"你知道这是朕什么时候作的诗吗？"

　　"是皇上在乾隆十六年二月，第一次下江南，在嘉庆游南湖作的诗！"

　　乾隆太意外了，太惊喜了，看着紫薇，对这个灵巧的女子，打心眼儿里喜欢起来。

　　"哈哈哈哈！小燕子，你的这个帮手太高段了！朕甘拜下风！算你过关了！"抬头看大家，"至于你们的'剑诀'，哼！"乾隆想想，想到小燕子手拿树枝，指手画脚状，实在忍不住，又大笑起来了。"哈哈！哈哈！剑诀，点子想得不错！只是学生太糟了！"再想想，又笑，"什么'皇上刁难风沙暗，公主背诗幽怨多'哈哈哈哈！算了算了，《古从军行》到此为止，你们就好好地给我筹备'微服出巡'的事吧。哈哈哈哈！"在乾隆的"哈哈"声中，大家也跟着嘻嘻哈哈。

　　尔康知道小燕子过关了，终于松了一口气。可是，乾隆看紫薇的眼神，那么欣赏，那么怜惜，尔康就又觉得有点不对劲，担心极了，再看心无城府的小燕子，想到乾隆的暗示，更加烦乱。永琪和尔泰，嘴里跟着乾隆打哈哈，心里也都各有心事。大家虽然都在笑，却只有乾隆笑得最是无牵无挂了。

第二册完，待续第三册《真相大白》

（京权）图字：01-2024-1722

图书在版编目（CIP）数据

还珠格格 . 第一部 . 2，水深火热 / 琼瑶著 . -- 北京：作家出版社，2024.10
（琼瑶作品大合集）
ISBN 978-7-5212-2862-5

Ⅰ. ①还…　Ⅱ. ①琼…　Ⅲ. ①长篇小说 – 中国 – 当代
Ⅳ. ①I247.5

中国国家版本馆 CIP 数据核字（2024）第 089667 号

还珠格格　第一部 2　水深火热

作　　者：琼　瑶
责任编辑：翟婧婧
装帧设计：棱角视觉　纸方程·于文妍
出版发行：作家出版社有限公司
社　　址：北京农展馆南里 10 号　　　　邮　　编：100125
电话传真：86 – 10 – 65067186（发行中心）
　　　　　86 – 10 – 65004079（总编室）
E – mail: zuojia@zuojia.net.cn
http: // www.zuojiachubanshe.com

字　　数：116 千
印　　张：6.625
版　　次：2024 年 10 月第 1 版
印　　次：2024 年 10 月第 1 次印刷
ISBN　978 – 7 – 5212 – 2862 – 5
定　　价：32.00 元

品 琼 瑶 经 典

忆 匆 匆 那 年

琼瑶作品大合集

1963 《窗外》

1964 《幸运草》

1964 《六个梦》

1964 《烟雨蒙蒙》

1964 《菟丝花》

1964 《几度夕阳红》

1965 《潮声》

1965 《船》

1966 《紫贝壳》

1966 《寒烟翠》

1967 《月满西楼》

1967 《翦翦风》

1969 《彩云飞》

1969 《庭院深深》

1970 《星河》

1971 《水灵》

1971 《白狐》

1972 《海鸥飞处》

1973 《心有千千结》

1974 《一帘幽梦》

1974 《浪花》

1974 《碧云天》

1975 《女朋友》

1975 《在水一方》

1976 《秋歌》

1976 《人在天涯》

1976 《我是一片云》

1977 《月朦胧鸟朦胧》

1977 《雁儿在林梢》

1978 《一颗红豆》

1979 《彩霞满天》

1979 《金盏花》

1980 《梦的衣裳》

1980 《聚散两依依》

1981 《却上心头》

1981 《问斜阳》

1981 《燃烧吧！火鸟》

1982 《昨夜之灯》

1982 《匆匆，太匆匆》

1984 《失火的天堂》

1985 《冰儿》

1989 《我的故事》

1990 《雪珂》

1991 《望夫崖》

1992 《青青河边草》

1993 《梅花烙》

1993 《鬼丈夫》

1993 《水云间》

1994 《新月格格》

1994 《烟锁重楼》

1997 《还珠格格第一部1阴错阳差》

1997 《还珠格格第一部2水深火热》

1997 《还珠格格第一部3真相大白》

1997 《苍天有泪1无语问苍天》

1997 《苍天有泪2爱恨千千万》

1997 《苍天有泪3人间有天堂》

1999 《还珠格格第二部1风云再起》

1999 《还珠格格第二部2生死相许》

1999 《还珠格格第二部3悲喜重重》

1999 《还珠格格第二部4浪迹天涯》

1999 《还珠格格第二部5红尘作伴》

2003 《还珠格格第三部天上人间1》

2003 《还珠格格第三部天上人间2》

2003 《还珠格格第三部天上人间3》

2017 《雪花飘落之前——我生命中最后的一课》

2019 《握三下，我爱你——翩然起舞的岁月》

2020 《梅花英雄梦之乱世痴情》

2020 《梅花英雄梦之英雄有泪》

2020 《梅花英雄梦之可歌可泣》

2020 《梅花英雄梦之飞雪之盟》

2020 《梅花英雄梦之生死传奇》